藏書

珍藏版

三十六計

于立文 主编

李金龙 编

陆

辽海出版社

通用汽车公司的尴尬

许诸裸衣斗马超

位处美国汽车王国的底特律市，有一家世界最大的汽车制造商，它与同处该市的福特汽车公司年纪不相上下，都是近 100 岁。这 100 年来，可以说福特和通用各领风骚 50 年，前者在前 50 年雄踞世界汽车界霸王地位，后者却在后 50 年出尽风头。

俗话说：“富甲不过三代”。本世纪 80 年代以来，许多迹象表明通用的地位开始动摇了，给人一种岌岌可危的感觉。这种威胁来自太平洋上一个以精明和顽强著称的岛国——日本。

20世纪80年代似乎注定了通用汽车公司运途坎坷。80年代的头一年通用汽车公司就发生了自60年代以来的首次年度亏损，亏损额高达7.6亿美元。

对通用公司来说，这是一场地震，震源当然来自日本。近些年来，励精图治的日本人，不断发展其汽车制造技术，当他们认为他们的汽车可以开出国门时，便大举进攻美国本土，其气势似乎是在雪其二战中受核弹摧残之耻。五十铃、马自达、三菱、本田、丰田等汽车商纷纷开赴美国战场，其中最大，最具威力的日本战车当属丰田汽车公司。通用汽车公司的地下岩石的地应力不断增大，到1980年，世界汽油价格高涨，节能、价廉、质优的日本小汽车便大行其道。以大型车为经济支柱的通用公司，其销售量锐减；一度曾最畅销的后轮驱动的小型车——切夫特也被日产的前轮驱动超小型车替代；广为人知的X型车也遇到大批退货，通用公司终于发生地震。

面对来势汹汹的日本人，通用公司并不是束手无策，被动挨打。早在70年代中期，它就着手实施了一项耗资达50亿美元的V型车计划，旨在与本田最热门的Accord以及同类进口车一较高低。1981年6月，这项计划结出了果子，通用推出了V型车，大出意料的是市场反映冷淡，大量V型车积压，通用公司背负了沉重债务，5年的努力付之东流。

而与此同时，通用还在日夜不停设计着一种新型车——S型车，也是用于对付日本人的，预计1984年投产。可是V型车的前车之鉴，S型车也面临“卿命薄之虞”，是舍是要，通用骑虎难下。

从此，通用不得不仰仗他身后这一位世界上最孔武有力的巨人——美国联邦政府在对日汽车贸易中做做手脚来维持日子。

华泰茶的经营之道

经营那些在外型上差异极微的商品，货物品质的好坏，经营者的观念与作法，是决定生意兴衰的关键。

望着那杯清香扑鼻的香茗，台湾华泰茶庄的负责人林秀峰说，经营茶行，到他这一辈已是第5代了，他不只是继承祖业，更致力于服务质量的改进。

林秀峰说，推销优质的茶叶固然重要，但是，如何适应各地人士不同的口味，更是其长远发展计划的主攻内容。

因此，凡有新顾客上门，他总要以亲切的口吻询问对方喜爱的口味，即使是不谙茶叶类别的顾客，准备购赠亲友时，他也会先询问对方的口味，或是哪一地区的人士，然后再选择合适的茶叶。

然而，茶叶种类尽管不多，其品质却相去极远。对外行顾客而言，茶叶质地的好坏，并不是从外形即可一下分辨得出的。有的茶叶色泽青翠，煞是好看，冲泡之后，味道却极清淡；也有外形并不怎么好看的茶叶，冲泡之后却又香又醇厚。那么顾客又如何得知其中区别呢？林秀峰说，这主要是基于商业信誉的踏实做法了。

茶叶的经营，一向没有“讲价”的情形。那么怎样才能使顾客心甘情愿掏腰包购买，而没有吃亏上当的感觉？这位懂得顾客心理的经营者认为，由于茶叶的出售，多半是论斤论两地卖，所以服务人员可在过秤时，逐量添加，而不要一次添多，再一次次舀减；纵使实在重过许多，而需舀时，要一次舀起较多，再略放一些，至够量为止。这样一来，顾客会有一种东西够斤两的感觉，而不致有你在减少他的东西的错觉。

也因品茗的癖好因人而异，因此，他总力求使服务人员除了亲切招待上门新顾客外，更要熟记老顾客的喜好及所需分量，做种种最周到的服务。

他说，通常有饮茶习惯的顾客，所喜爱茶叶的种类、等级，购买数量多为固定，所以当服务人员能够熟记后，只要一上门，不用开口，即将一盒包装完整的茶叶交到他手中时，将是多么令他感到惊异和亲切的事情呀！久之，除非他习惯改变，否则，将一直会是长久的顾客呢！

便利顾客，就要细心揣摸顾客心理。常有许多顾客在路过华泰茶庄或访亲问友中，想买些茶叶自己品茗或送礼，其中不少人是搭计程车前来的。有时，为节省时间，客人并不下车，而等在车中，该茶庄的服务人员除了将以最快的速度把茶叶包装好外，若是客人买 70 块钱的茶叶，而拿 100 元的大钞票，服务员也会未雨绸缪地先准备好 30 元的找头，免得再回头找钱，浪费顾客的宝贵时间。

虽然这只是些细枝末节，但是华泰处处以顾客方便为第一的作法，由此可见一斑。

当顾客上门时，总会先享受到一杯香醇的佳茗，这其中也有奥秘。林秀峰说，这杯茶水不仅增加了顾客对公司的亲切感，也常由它促进了双方的感情，交流彼此对茶叶的研究心得；再者，有许多顾客在买了原先准备购买的茶叶后，喝了这杯香浓甘润的茶水，也会兴起尝试的念头，而买回去品茗。若是觉得合乎口味，以后也许会成为这种茶的爱好者，经常来买。谁能小看这杯茶的功用呢？

阿姆卡的“远交近攻”

现代电气高科技的迅速发展对电气材料不断提出新的要求，大量的新材料应运而生。制造节能变压器铁芯的新型低铁的矽钢片就是其中一种。

开初，美国电气行业执牛耳者的美国通用电气公司和西屋电气公司，以及实力不很强的阿姆卡公司都在研制新型低铁矽钢片，而竞争的结果却被阿姆卡公司拔了头筹。

这正是阿姆卡公司十分重视信息情报工作。在研制超低铁省电矽钢片的过程中，发现“通用”和“西屋”也在从事同类产品的研制。远在地球另一端的日本钢厂也有此意，而且准备采用最先进的激光囊处理技术。

阿姆卡公司分析形势后认为，以自己的实力继续独立研制，可能落在“通用”、“西屋”之后，风险极大。若要走合作研制之路，应必须选择好合作者。

与“通用”、“西屋”联手，是“近亲联姻”，未必有利于加快研制过程，再者将来只得与之分享美国市场，还得考虑崛起的日本钢厂。

与日本钢厂并肩合作，是“远缘杂交”，生命力旺盛，研制过程自然会加快，而且将来的市场大，可以太平洋为界。

于是，阿姆卡选择了日本钢厂作为合作伙伴，结果比预定计划提前半年研制成功。

阿姆卡的“远交近攻”，最后终于战胜了“通用”、“西屋”两大强劲的对手。

不吃老本的夏普公司

日本夏普公司经过70年代的迅速发展，加入到大企业的行列之中，目前，它的年销售额已近1万亿日元。年贸易额达1万亿日元，是实力雄厚的大企业的标志之一。

夏普的企业风气如同充满活力的其他中小企业一样，时刻都富于挑战精神。因此，在夏普公司完全看不到大企业病的前兆。

夏普的领导班子能正确预见到经营环境的变化，并迅速采取相应的战略措施。例如，他们预料到作为支柱商品的家电部门可能成为成熟部门，便在1964年就开始了电子计算器的生产。

1970年，夏普开始生产电子计算器的心脏部件——半导体，实现了电子计算器的小型化。此后，夏普公司便处于电子计算器行业的领先地位，成功地实现了电子计算器的超小型和成本的大幅度降低。

夏普公司还应用电子计算器的电路技术，成功地研制出袖珍电子计算机。目前，夏普袖珍电子计算机市场占有率高达90%。

在复印机、电传机、文字处理机、微机等办公自动化机器方面，夏普也较其他厂家捷足先登，保持着较高的市场占有率。

夏普通过在家电部门引进高密度集成电路和微机，给成熟产品带来了生机，以“新生活的时代”为口号，源源不断开发出独具特色的商品。夏普能在竞争中获胜，其秘密主要在两个方面：1. 开发与众不同的、有特色的商品；2. 成功地开辟了办公室自动化机械的销售途径。

夏普经常为开发新产品尽心尽力，公司的销售额中，有近6%的经费是花在研究开发上的。夏普就是这样靠不断提高企业的活力、推陈出新，“远交近攻”造就了避免大企业病的企业素质。

店老板弃眼前小利与顾客成为至交

荷伯·科恩是美国著名的谈判专家。在他过去的几十年的谈判生涯中，参加过数千次各种各样的谈判，从国内的企业吞并到与国际恐怖分子谈判，从代表政府机构进行的谈判到和一些小商店的店主交往，可以说他经历过凡是人们能够想象得到的任何场面。

在他所著的《人生与谈判》一书中，记叙了他与一家电器商店老板的谈判经历。这是一次生动、有趣的谈判。荷伯·科恩利用他丰富的谈判经验和善变灵敏的思路，在很短的时间内（45分钟）做成了一桩公平的交易。

荷伯·科恩开车来到城中一家电器商店，准备在这里购买一台家庭需要的PCAVHC塞拉达——维森录像机和一台有摇控的21英寸“XY”牌电视机，但他对所要购买的商品的市场行情一无所知。怎样才能既买到称心如意的商品，又不至于被商店老板多赚去自己的钱呢？科恩决定先不动声色地观察、了解，再见机行事。

当他看到商店中空空荡荡、冷冷清清的只有他一个客人时，便装作很悠闲地与老板攀谈起来：从与此商店近邻的一家商业中心的开业，谈到了客流量的增减，谈到一个信誉好的商店对附近居民的重要性；商店老板还谈到了他目前的处境，谈到了他不喜欢人们用赊购卡来购货……

闲谈中，荷伯·科恩装作不经意地问店主有关录像机的性能如何，店主给他介绍了怎样使用，并随口说道：“在商业中心开张前，一个经理一次就给他们企业买走了两三台，可最近没人来买了。”

科恩随即问道：“如果他们买两台以上，你是不是也跟大商店一样打折扣？”

“当然了，买得多，我们就卖得便宜。”

到这时候，科恩才表示对录像机感兴趣，请老板给他推荐一台。

老板很热情地向他推荐道：“RCA 是你最好的选择，我自己就有这样一台。”

科恩看了店主给他作的演示，诚恳地说：“我信赖你，就像我相信你推荐的这是最好的型号一样，所以，我也相信你在价格上也是公道的。我不打算跟你进行任何讨价还价，你要多少钱，你出个公平价，我马上就付给你现金。”

“谢谢你。”店主高兴地说。

“我信赖你的诚实。”科恩漫不经心地说：“我以为我了解你，你出的数字我绝不还价，即使我觉得去别的商店转转也许更好些。”

店老板这时写出了一个数字，但没有让科恩看到。

“我希望你得到合理的利润，但我自己也希望得到合理的价格。”科恩继续说。

“还有，如果我还买这台带摇控的“XY”电视机，会不会在总价上打点折扣？”

“你的意思：是要一揽子交易？”

“对了，我想就是按你刚才说的。”

曹操抹书间韩遂

“等一等，”他喃喃道：“让我把这几个数字加一下。”

当他最后要给科恩报总价时，科恩又说道：“还有一件事，我要提一下，我希望我付给你的价格是公平的——一次双方都获益的交易。如果是这样的话，3个月后，我的企业也要买这么一套，现在就可以定了。”

“当然。”老板说，“让我到屋里去一下，马上回来。”他去查了一下账本，然后写下了一个数字。

见此情景，科恩进一步大胆地说：“我正在考虑几分钟前说过的话，你说的关于你们的资金周转问题，我现在有个主意，我原先没有想到，我本来打算记账，现在我给你付现金，你看是不是更方便些？”

“是的，”老板说：“这样会给我很大帮助，尤其在目前。”他一边说，一边又写出另一个数字。

“你给我安装一下行吗？你知道我不住在城里。”科恩进一步要求说。

“行啊，我给你安装。”老板爽快地答应。

“好了，把你写的价格给我，我马上付你现金。”

最终他们以公平的价格做成了这笔交易。商店老板不仅帮科恩把机子安装好了，还送了一个录像机架给他。

两个月后，科恩实现了他的许诺：给他的公司购买了第二台录像机设备。

再以后，科恩与商店老板成了朋友，建立了亲密的信任关系。

科恩在这次谈判中，尽管事先毫无准备，却能在交谈中抓住细微的信息，顺藤摸瓜，了解对方的想法，利用他的观点，动之以情，并以长远利益来说服商店老板放弃眼前小利，其中暗含了“远交近攻”战术的运用。

远利诱惑

在某个工业化国家，有一家刚刚兴办起来的电灯泡公司。公司董事长为了打开销路，做了一次旅行推销，旨在激发代理商的销售热情，使他的产品渗透到各个市场。

在某地，董事长召集所有的代理商，就达成代理合同进行谈判，董事长率先发言说："经过几年的苦心研制，本公司终于生产出来了对人类大有用途的产品。尽管我们公司的产品还称不上是第一流，而只是位居第二流，但是，我仍然要拜托各位，以第一流的产品价格购买本公司的产品。"在场人的人听了董事长的话都感到莫名其妙。"咦！董事长的话没有说错吧？谁肯以第一流产品的价格来买第二流产品呢？董事长本人也承认那是二流产品嘛，这当然要以二流产品的价格成交罗！董事长怎么能讲出这种话呢……。"全场的人都把惊奇的目光投向了董事长。大家以为董事长会对刚才的话做出更正，可没想到董事长接着说："各位，我知道你们一定会感到奇怪。但是，我仍然要再三拜托各位！"有人请董事长说明理由，董事长回答说：

"大家都知道，目前，灯泡制造业的一流企业，全国只有一家，因此，他们垄断了市场，大家必须接受他们的垄断高价。如果有同样优良的产品，但价格便宜，难道这对大家不是一种福音吗？这样，你们就可以不必按那家一流企业开出来的价格去成交了。"董事长见大家似有所悟，便继续说："我们大家都熟悉拳击赛，拳击大王阿里的实力是无人可以忽视的！但是，拳王之所以成为拳王，是因为有人和他对抗，使他在拳击赛中取胜。现在，灯泡制造业中就好比只有阿里一个人，没有一个实力相当的对手和他打擂台。如果此时，出现了一位竞争对手，把优良的新产品提供给大家，你们一定能赚得比现在更多的利润！"

又有听者发言说："董事长，你说得很精彩，可是，到哪儿去找那位阿里呢？"董事长认为时机已到，便迅即回答："我想，另一位阿里由我来做好了。诸位是否清楚，为什么目前我们公司只能制造第二流的灯泡呢？我公司处于初创时期，资金不足，在技术开发、产品开发上都力不从心，如果各位肯扶持我们以一流产品的价格，购买本公司的二流产品。这样，我们能筹集到一笔技术改造费用，不久的将来本公司一定会制造出物美价廉的产品，灯泡制造业也将出现两个阿里，竞争会使产品的质量提高，价格下降的。此刻，我恳请各位伸出援助之手，帮助我演好‘阿里的对手’这个角色，帮助我们公司渡过难关，对于各位的支持我会铭记不忘，并会重谢的！因此，我拜托诸位以一流产品的价格购买我公司的二流产品！”

董事长话音刚落，便响起了热烈的掌声，合同在感人的气氛中达成。董事长获得了成功。

锐意创新的3M公司

美国的3M公司以其迅速的发展而令人瞩目，连以管理著称的日本企业界也把它视作研究和学习的楷模。1988年这个公司的销售额达100亿美元，纯利润约10亿美元。3M公司生产各种磁带、胶片、电子零部件和医疗器械等产品。它从工业用品到消费品，都能制作具有竞争力的一流产品，归结原因有三个。

一是研究所多。3M公司的决策者认为，当今世界经济正处于大调整、大变革之中，国家之间、集团之间的经济竞争也日益加剧，全球性新技术革命浪潮和高科技竞争已成为世界列强和企业集团最关注的问题。为此，该公司不惜一年投资5.9亿美元给其各类研究所进行科研和新产品的开发。除进行基础研究的中央研究所外，各种级别的研究所和技术中心（共60

多个），都积极进行科研和开发，使3M公司每年生产的产品中，新产品的比率逾30%。

二是研究者众。3M公司的众多研究所里，招聘有7100多位各类研究人员，相当于全公司职工的10%左右。其中有博士学位的占14%，约1000人。各研究所均是独立的组织，拥有独自录用人才的自主权。它们之间地位是平等的，相互间既合作又竞争。3M公司自创立的第一天起，就注重“成功是力量的体现”和“举大事者必以人为本”的哲理，认识到事业的成功必须要建立企业的绝对优势，而人的力量是企业绝对优势的关键。有鉴于此，该公司“求才若渴”、“爱才如命”，千方百计吸纳各类科技研究人才。人才，成为3M公司新产品不断涌现的源泉。

三是治众有术。纵观任何一位成功的企业管理者，都具备有“治众”的本领。所谓治众就是治理、管理众人。治众的本领表现在善于利用人这个特殊的资源。3M公司拥有7万多员工，其中有大批的科研人才。3M公司的决策者认为，只有把自己要实现的目标与广大员工的利益相结合，才可能有效地调动他们的积极性。为此，在全公司实行了各种刺激员工和科研人员作出努力的制度。如对创造发明者视其价值大小予以不同的奖励，对不出次品的个人或车间给以奖励，对出次品的个人或车间给以惩罚等。

3M公司为了鼓励研究人员和管理人员，还实行互相交叉的晋升制度。这就是管理职务、专业职务之间可以互相交叉的晋升。同时，还可以越级提升。弗莱是磁带研究专家，他着眼于中央研究所开发的粘结力很强但容易剥落的粘合剂，使记录纸实现了商品化。他想方设法制作样品，摆脱了该产品在市场上反应冷淡的窘境，使它只用6年时间就发展成为年销售额达数亿美元的商品。结果，他被破格提升三级。

此外，3M公司定有这样一条原则，公司的新产品销售比率为25%，以研究人员的决定为基础的自由研究时间占15%。前者使新产品实现商品化成为无形的压力，后者则奖励开发新产品。

3M公司就是全靠不断开发新产品而在竞争激流中奋进，其牌子的成名亦与创新和开发分不开。

速者获利的创业法则

兵贵神速，讲的是时间在战争中的特殊重要作用。争取时间同样适用于现代化的经济竞争。“时间就是金钱”概括了现代商战的竞争经验之谈。其有三层含意：一是要求竞争决策的形成要快；二是决策方案的实施要快；三是决策的执行节奏要快。

企业要发展快，必须要抓住重要时机，求快的艺术很多，例如：

以便求快。即给顾客以方便，使商品快销。如闻名于世的美国麦唐纳快餐店，1955 年创业时只是一个小店，这家快餐店实行“自我服务”的营业方式，所有的食物都盛放在纸盒和纸杯内，由顾客自行取走；柜台营业员身兼数职，顾客倍感方便，只需排一次队就能取得食物。“快”是这个店的经营绝招。如今，麦唐纳快餐店已在美国 50 个州、30 个国家和地区设有 7500 多家分店。

张永年反难杨修

以廉求快。廉，即价廉。这样使货物尽快脱手，资金尽快周转，迅速进入下一个决策，如，以买一赠一。送漂亮手提袋，抽奖售货等方式推销。

以灵求快。一个企业不能死抱习惯生产的产品不放，而应抓紧时间灵活掉头以求快。美国政府曾规定：电话机只能由美国电话电报公司出租，私买违法。1982 年，取消了电话电报公司的专利权，允许私人购买，这意味着美国的家庭及其他公私机构成了电话机的潜在对象。香港厂商听说后，闻风而动，把原来生产收音机、电子表的厂家迅速转产，生产电话机，迅速占领了美国电话机市场。

以巧求快。1983 年 7 月 14 日法国国庆节那天上午，等着观看阅兵盛况。当兵阵穿过大街时，街两旁靠后一点的人根本看不见那壮观场面。这时，曲视镜上场了。所谓曲视镜即潜望镜，它立刻使人看到了街中心的兵阵。这种曲视镜上写着煽动性的广告：“让旁人羡慕和嫉妒我吧，他们什么也看不见！”不过一小时时间，曲视镜商人的快速行动，使其所获甚丰。总之，“兵贵神速”是商战中的基本原则。由“速”获“利”的方式很多，信息灵、行动快和有预见只是其中的几点，有头脑的商品生产和经营者，可以在商品经济的洪流中，运用自己的才智，创造出独到的“速者获利”的新方式。

“远交近攻”之计在时间概念上可以理解为顺应市场要求，谋取近期利益，在商品经济的大潮中要抓住时机，争取时间以快制胜，才能获利。

“春桃”公司

河南省沁阳市有一家600余人的长城制革厂，创建于1987年。这个厂艰苦奋斗创业起家，以高质量求生存，重金聘请专家培养人才，生产出了深受消费者喜爱的皮革制品，在国内外市场上都占有一席之地。但前几年由于种种原因，发展步子迈得不快。原因中最主要的原因是企业牌子不响，级别不高。1990年4月，该厂与日本田口稔商社合资成立了河南长城皮革有限公司，开始生产高档皮革制品；1992年，又与日本田口典宏商社合资成立了河南东方皮革制品有限公司，生产高档皮箱；同年7月，又与日本太平洋公司皮革部合资成立了豫川羊皮革制品有限公司，经营高中档羊皮制品和服装的生产销售。至今，该厂生产的产品已达到千余种，其中有180多种是新产品，在日美港台销路特好。

长城制革厂的合资经营有其独特的方式，它不是像嘉兴自行车厂那样不断地改换门庭，逐步升级，而是来者不拒，跟谁都可以成“家”。现在该厂的大门外挂了好几个牌子，个个都叫得响。除了上面提到的几个公司以外，还有长城信用社，泌阳市皮革研究所等几个牌子。企业名称多，公司经理的名片也多，记者去采访，总是能接到同一个人的好几个名片。于是有人用“一妻多夫”来比喻这家企业，也有人称它“春桃”企业（作家许地山笔下的春桃有两个丈夫）。公司名称多，弄得记者写报道时很作难，不知道该用什么名称。

企业名号的重要性并没有引起我们大多数企业的重视，有不少企业的决策人还是囿于“酒香不怕巷子深”的传统观念，认为只要我的产品适销对路、质量高，就不愁卖不掉，也就不愁企业发展不了。因此他们很乐于“埋头拉车”，孤芳自赏，其实是抱残守缺，一叶障目。相反，倒是有许多皮包公司或三两个人的伙伴工厂热衷于不停地改名换姓。随三嫁四，用劣质商品来欺世盗名，谋取暴利。

小企业发展成大企业，这是一个必然趋势。小企业多是新生事物，新生事物有着强大的生命力，它总是要向前发展的。但是我们是否因此就可以任其自由发展，不添加任何助剂呢？这种自由式发展道路显然不是最佳道路。自由发展走的是弯路，而联营走穴走的是直路。小企业要迅速发展成大企业，路子固然不止一条，譬如拥有新特技术的小企业可以申请政府贷款，但大多数没有得天独厚条件的小企业是必须走联营走穴这条直道的。

当然，又并不是所有小企业都能走通联营走穴这条路，没有一定基本功的演员要去走穴，恐怕没有一家演出团体愿意要。意欲走穴的企业必须首先练好内功，到很会唱几支像样的歌时，再把你走穴的腿迈出去。

布拉特的竞争策略

20世纪，足球运动在世界各地蓬勃开展，世界杯足球赛已经发展到与奥运会并驾齐驱的地步，足球运动更被冠以“世界第一运动”的称呼。在统治世界足坛24年的“沙皇”阿维兰热交出国际足联主席的权杖之后，谁将接替他呢？这引发了一场世界足坛权力大战。

瑞典人约翰逊与瑞士人布拉特斗智斗勇，各显神通，早在19%年就分别实施竞选计划。为了争取1998年国际足联成员国手中宝贵的每一票，他们不辞辛苦，四处游说。尽管他们都认识到取得亚非拉成员的支持非常重要，但是由于两人有着完全不同的背景，对发展21世纪足球抱有迥然不同的观点，因此，他们对欧洲和南美足球列强之外的亚非拉国家的足联做出了不同的许诺。

68岁的约翰逊现任欧洲足联主席，这一切决定了他必须维护欧洲的利益，为欧洲人夺回久违的国际足联主席职位。为此，他首先攻击阿维兰热是“独裁者”，逼其下台，宣布不再谋求连任。然后，约翰逊又将欧足联执委会的几位副主席拉进竞选班子，并联合非洲，向他的对手布拉特发起攻击，要求布拉特辞去国际足联秘书长职务。在环球游说活动中，约翰逊公开许诺：大家可以分享权力和金钱。他的竞选纲领和活动，没有超出“欧洲中心论”的圈子，而这种论调有意无意地歧视和限制了其他各洲足球的发展。

62岁的布拉特于1981年出任国际足联秘书长，跟随阿维兰热18年，深受其影响。阿维兰热以牺牲欧洲人利益，促进非、亚足球繁荣，使世界足球走向一统的思想，成为布拉特坚定不移的政策。足球运动在全世界的普及和发展，自有布拉特的一份功劳。他承诺：“足球将保持其世界性和完整性，并使现在国际足联的政策和制度延续下去。”他赢得了亚非拉足球界的信任。布拉特的亚非牌成了他与约翰逊交锋得胜的法宝。在远交亚非拉的同时，布拉特还成功地瓦解了对手的欧洲阵营和非洲势力。他利用英、德争办 2006 年世界杯的机会，把英、法两强拢入怀抱，英联邦的影响和法语非洲国家的倒戈让约翰逊感觉到了“后院失火”的危机。

1998 年 6 月 8 日，在世界瞩目下，布拉特以 111 票对 80 票赢得了胜利。他的胜利表明了世界足球大家庭对现有的秩序的肯定，决定了对下一世纪足球运动的趋向的选择，那就是“世界足球”。

布拉特在与约翰逊的竞争中充分运用了远交近攻策略，以“世界足球”为旗帜，聚集了广泛的支持。

吴越争霸战争

周景王元年（公元前 544 年），吴侵越时所获战俘刺死吴王余祭。周敬王十年（前 510 年），吴大举攻楚前，为解除后顾之忧，又曾攻越，占领鐗李（今浙江嘉兴南，参见《吴攻越鐗李之战》条）。十五年，吴军主力在楚都郢时，越乘机侵入吴境，双方矛盾日趋激化。吴欲争霸中原，必先征服越国，以解除其后方威胁；越欲北进中原，更必先征服吴才有可能，因而引起延续二十余年的吴越战争。吴、越地处江南水乡，

“以船为车，以楫为马”（《越绝书·记地传》），双方多为水上作战。此时作为水军的“舟师”已成为新的兵种，能独立完成战略、战役任务。吴、越水军有楼船（指挥船）、大翼、中翼、小翼三种主要战舰船及突冒（船首装有冲角）、桥船（轻快战船）等战船。主要战船大翼船长 20 米，宽 2.7 米，载乘“战士二十六人，棹（手）五十人，舳舻（手）三人，操长钩矛、斧者（各）四人，吏、仆、射长各一人”，连同船长“凡九十一人”（《太平御览》卷 315 引《伍子胥水战兵法》）。水战基本方式是先用弩射，再进行接舷战斗，最后登船格斗，有时亦用突冒撞击敌船。

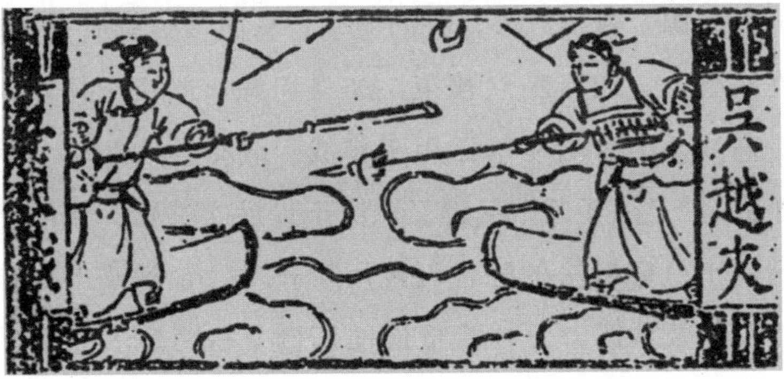

吴越争霸

二十四年（公元前 496 年），吴王阖闾率军攻越，双方主力战于檇李。越以死罪刑徒阵前自刎，乘吴军注意力分散之机发动猛攻，大败吴军。阖闾负伤身死，夫差继位为王（参见《檇李之战》条）。二十六年，越以水军攻吴，战于夫椒（今江苏太湖中洞庭山）。越军战败，主力被歼。吴军乘胜追击，占领越都会稽（今浙江绍兴）。越王勾践率余部5000人被围于会稽山上。勾践请降，吴大臣伍子胥建议勿许，认为“今不灭越，后必悔之”。夫差因急于北上中原争霸，未采纳伍子胥建议，以越王质吴为条件，许降撤兵（参见《夫椒之战》条）。勾践夫妇为吴王“驾车养马”，执役三年，赢得夫差信任，获释回国。勾践为兴越灭吴，“卧薪尝胆”，发愤图强。其在谋臣文种、范蠡辅佐下，制定了“十年生聚”、“十年教训”的长期战略：在内政上实行发展生产、奖励生育及尊重人才等政策，以安定民生，充裕兵源，收揽人心，巩固团结，从而增强综合国力；在军事上，实行精兵政策，加强训练，严格纪律，以提高战斗力。当时弩已用于作战。战车、战船均“顿于兵弩”；战斗胜败关键又取决于最后之冲锋。勾践聘请精于弓弩射法的陈音教授用弩技术，包括瞄准、连续发射及掌握弩力与箭重最佳比例（拉力一石，箭重一两）等方法，使“军士皆能用弓弩之巧”；聘请善于“剑戟之术”的越女教授“手战”格斗技术，使军士“一人当百，百人当万”。越地民风是“悦兵敢死”，惯于各自为战。为此，勾践反对“匹夫之勇”，强调纪律性，要求作战单位在统一号令下统一战斗行动，以发挥整体作战能力。规定服从指挥者有赏，违犯者“身斩，妻子鬻”。在外交上，针对“吴王兵加于齐晋，而怨结于楚”的情况，采用“亲于齐，深结于晋，阴固于楚，而厚事于吴”的方针（《吴越春秋·勾践归国外传》）。厚事于吴，即效法周文王对商纣王“文伐”之谋略，以非战争手段瓦解、削弱敌人。主要措施有，佯示忠诚，使吴王放松对越戒备，放手北上中原争霸；纵其所欲，助长吴王爱好宫室、女色之欲望，使其大兴土木，耗费国力；并行贿用间，扩大吴统治集团内部矛盾，破坏其团结。施行十年，使得越“荒无遗土，百姓亲附”，国力复兴。越军亦成为一支装备精良、训练有素且“人有致死之心”的精锐部队。

吴王夫差在征服越国后，即积极作北进准备。伍员再次建议“定越而后图齐”，认为越是“腹心之病”，而“齐鲁诸侯不过疥癣”之疾。吴王仍未采纳。三十一年（前 489 年），吴先攻陈（今河南淮阳），以解除其北进时来自侧翼的威胁。三十三年，吴攻鲁，打开进军中原的大门。吴为建立北进战略基地及打通北进军事运输交通线，于三十四年在长江北岸营建了规模宏大的邗城（今江苏扬州），开凿了由今扬州经射阳湖至淮安之邗沟，沟通江、淮水域，并进而与泗、沂、济水联结。三十五年，吴率鲁、邾、郯等国联军由陆上攻齐；派大夫徐承率水军由长江入海，向山东半岛迂回，攻齐侧后。吴水军海上作战失利，陆上联军遂退回。三十六年，吴再次攻齐，在艾陵（今山东莱芜东北）全歼齐军精锐（参见《艾陵之战》条）。三十八年（前 482 年），夫差率吴军主力进至黄池（今河南封丘西南），与晋及中原诸侯会盟，“欲霸中国”。此时吴之霸业达于顶点。

当吴王夫差在黄池与晋定公争作盟主时，越王勾践分兵两路攻吴。一部兵力自海入淮，断吴主力回援之路，掩护主力作战；其自率主力直趋吴都，在郊区泓水歼灭迎战之吴军，并乘势攻入吴都。夫差南归，恐因国都失守士气下降及远程奔返造成部队疲惫、决战不利，派人请和。勾践亦以吴军主力未损，不愿进行无把握的决战，遂与吴订和约后撤军。四十二年，吴国发生灾荒。越乘机发动进攻，与迎战吴军在笠泽（在今江苏吴江一带）隔江相峙。越军利用夜暗，以两翼佯渡诱使吴军分兵，然后集中精锐，实施敌前潜渡、中间突破，并连续进攻，扩大战果，创造了中国战争史上较早的河川进攻的成功战例（参见《笠泽之战》条）。笠泽之战后，吴、越力量对比发生了根本变化，越已占有绝对优势。周元王元年（前 475 年），越再度攻吴。吴军无力迎战，据都城防守。越于吴都西南郊筑城，谋长期围困。吴数次遣使请和，均遭越拒绝。三年，城破，夫差自杀，吴亡（参见《越灭吴之战》条）。勾践率军“北渡江淮，与齐、晋诸侯会于徐州”。周元王封勾践为伯。“越兵横行于江淮东，诸侯毕贺，号称霸王”（《史记·越王勾践世家》），越终于成为春秋时期的最后一任霸主。

越灭吴，主要靠谋略制胜；亲齐、结晋、联楚的外交策略，在战争中发挥了重要作用。这说明春秋末期的战争，已发展为智战。当时人即认为“夫战，智为始，仁次之，勇次之。”（《国语·吴语》记楚将申包胥言）战争中还出现了早期入海远航作战及河川进攻等新的作战方式。

第二十四计　假途伐虢

【原文】

两大之间，敌胁以从，我假以势。困，有言不信[①]。

【注释】

①困，有言不信：语出《易·困》卦：“象曰：困，……有言不信。”意思是，对处于困境者，只有口头许诺，是不会取得它的信任的。

【译文】

对于处在敌我两个强国中间的弱国，当敌方逼迫它屈服时，我方要立刻出兵援救，也就可以借机把军事力量渗透进去。

【按】假地用兵之举，非巧言可诳。必其势不受一方之胁从，则将受双方之夹击。如此境况之际，敌必迫之以威，我则诳之以不害，利其幸存之心，速得全势。彼将不能自阵，故不战而灭之矣。

【译文】

假道用兵的效果，不是花言巧语能够达到的。当这个小国受到一方或多方的夹击时，我方却以不侵犯它的利益进行诱惑，利用它侥幸图存的心理，立刻把力量扩展进去，控制整个局势。这样，它势必不能够保住阵地，所以不必经过战斗，就可以把它消灭了。

【计名探源】

假道伐虢，假道，是借路的意思。语出《左传·僖公二年》："晋荀息请以屈产之乘，与垂棘之璧，假道于虞以灭虢。"

春秋时期，晋国想吞并邻近的两个小国：虞和虢。这两个国家关系不错，晋若袭虢，虞会出兵相助，相反亦然。大臣荀息向晋献公献计，要攻占它们，必须离间他们，让他们互不支持。虞国国君贪得无厌，我们投其所好。把屈产良马。和垂棘之璧两件宝物送给他，让他暂时保管，等灭了它，再收回来。虞公见了宝物，乐不可支。

晋故意在晋、虢边境制造事端，找借口伐虢，同时要求虞国借道给晋。虞大臣宫子奇劝说虞公，虞虢两国，唇亡齿寒。但虞公说，交一个弱朋友却得罪一个强有力的朋友，那才傻呢！

晋通过虞国，攻打虢，很快就取得了胜利。班师回国，分部分财产给虞，虞公大喜过望。晋国暂时把军队驻扎在虞京城附近，几日后，晋献公约虞公前去打猎，一会儿，京城起火。晋军里应外合强占京城。这样，晋轻而易举灭了虞国。

【评语】

古人认为，借道用兵的举动，不是靠花言巧语就能骗成的。这个国家必须处于这样的形势下，即不是受到一方的威胁，就是受到双方的夹击。在这种情况下，如果敌人以武力相威胁，那么，我方则应以不侵犯其利益为诱饵，利用它的侥幸图存的心理，立即把力量扩展进去，以控制全局。这样一来，它势必失去自主权，所以，未经战争就能将其全部控制。

【战例】

楚灭蔡息

东周初期，各诸侯国都乘机扩张势力。楚文王时期，楚国势力日益强大，汉江以东小国，纷纷向楚国称臣纳贡。当时有个小国叫蔡国，仗着和齐国联姻，认为有个靠山，就不买楚国的帐。楚文王怀恨在心，一直在寻找灭蔡的时机。

蔡国和另一小国息国关系很好，蔡侯、悠侯娶的都是陈国女人，经常往来。但是，有一次息侯的夫人路过蔡国，蔡侯没有以上宾之礼款待，气得息侯夫人回国之后，大骂蔡侯。息侯对蔡侯有一肚子怨气。

楚灵王挟诈灭陈蔡

楚文王听到这个消息，非常高兴，认为灭蔡的时机已到。他派人与息侯联系，息侯想借刀杀人，向楚文王献上一计：让楚国假意伐息，他就向蔡侯求救，蔡侯肯定会发兵救息。这样，楚、息合兵，蔡国必败。

楚文王一听，何乐而不为？他立即调兵，假意攻息。蔡侯得到息国求援的请求，马上发兵救息。可是兵到息国城下，息侯竟紧闭城门，蔡侯急欲退兵，楚军已借道息国，把蔡侯围困起来，终于俘虏了蔡侯。

蔡侯被俘之后，痛恨息侯，对楚文王说：息侯的夫人息妫是一个绝代佳人。他这话是刺激好色的楚文王。楚文王击败蔡国之后，以巡视为名率兵到了息国都城。息侯亲自迎接，设盛宴为楚王庆功。楚文王在宴会上，趁着酒兴说："我帮你击败了蔡国，你怎么不让夫人敬我一杯酒呀？"息侯只得让夫人息妫出来向楚文王敬酒。楚文王一见息妫，果然天姿国色，马上魂不附体，决定一定要据为已有。第二天，他举行答谢宴会，早已布置好伏兵，席间将息侯绑架，轻而易举地灭了息国。

息侯害人害已，他主动借道给楚国，让楚国灭蔡，给自已报了私仇，却不料楚国竟不丢一兵一卒，顺手将息国占领。

郑庄公假命伐宋

春秋时期，州吁篡夺了卫国国君之后，为"立威"邻国，便联合宋、鲁、陈、蔡四国联合攻郑。郑庄公认为宋是主谋，于是一心一意想报复宋国。但因为宋国爵尊国大，并且有其他四国支援，不首先把宋国孤立起来是很难取胜的。为此，郑庄公巧妙地离间了宋、陈的关系，使陈国倒向了郑国，接着，郑庄公便想出个假托王命的计策，借以分化宋与陈、蔡的联盟关系，以达到伐宋之目的。

按照预先的谋划，郑庄公带着谋臣祭足并厚礼，声势张扬地去朝见周王，以便给诸侯国造成周天子信任郑国的印象。

然而事实上周王并不喜欢郑庄公，对于郑国曾借口灾荒而侵夺过周王的麦禾之事，一直耿耿于怀。周恒王一见郑庄公便没好气地有意问郑国今年收成怎么样，郑庄公回话说今年没有受灾，周恒王便挖苦说："万幸万幸，你们丰收了，温地之麦、成周之禾，我就可以留下自己吃了，不会再被你们抢走了。"

周桓王对郑庄公十分冷淡，也不设宴招待他，只是派人给郑庄公送来十车黍米，说是让郑庄公备荒用，通过此举羞辱他过去的抢粮行为。

郑庄公受到如此冷遇，后悔自己不该来见周天子，也不愿意接受这十车黍米。懊恼之时，祭足对他说："如果我们不接受这些黍米，那么诸侯国马上就会知道我们与周天子间有了隔阂，那还怎么能假托王命呢？

依臣之见，我们可以在这十车黍米上作文章。”郑庄公问计，祭足接着说：“我们将这十车黍米用锦袱覆盖，乔装成十车财宝，离开都城那天，宣称这都是周王所赐。还在车上放好彤弓弧矢，假称‘宋国久不朝贡，郑国奉周天子之命，准备伐宋’。这样，我们假托王命的计划准会成功。”郑庄公大喜，此后，他们招摇过市，一路传扬，诸侯竟都信以为真。

消息很快传到了宋国，宋殇公感到不妙，于是，主动想和郑国讲和，但郑庄公置之不理。同时，他以周天子的名义，矫命齐、鲁等国协助郑国一同伐宋。结果齐、鲁都派出了各自的军队。郑庄公亲自统帅诸侯联军征讨宋国，队前一面大旗上赫然写着“奉天讨罪”四个大字。攻入宋境后，连取部、防二城，势如破竹。不久宋国了解了事实真象后，为时已晚，宋国失败以成定局。

商鞅立木取信变法改革

战国时，秦孝公用商鞅变法，经常与他共商国家大事。商鞅也为了早日实现富国强兵的计划，积极实行变法改革。

秦国的贵族都不赞同变法改革，这些保守势力纷纷发难。商鞅对秦孝公说："对于下层人，不能和他们商议开创的计划，只能和他们分享成功的利益。讲论至高道德的人，与凡夫俗子没有共同语言，要建成大业也不能去与众人商议。所以圣贤之人只要能够强国，就不必拘泥于旧传统。"大夫甘龙闻听此言反驳说："按照旧章来治理，才能使官员熟悉规矩而百姓安定不乱。"商鞅又言："普通人只知道安于旧习，学者往往陷于所知范围不能自拔。这两种人，让他们做官守法可以，但不能和他们商讨旧章之外开创大业的事。聪明的人制定法规政策，愚笨的人只会受制于人；贤德的人因时而变，无能的人才死守成法。"这样，商鞅力排众议，执意变法强秦。

在制定好新法之后，商鞅怕国中百姓不信；百姓如有疑心，推行新法则难上加难。便想出个在百姓中树立一个有令必行的形象之策略。他命人在秦都咸阳南门立起一个三丈直木，派官员看守，并下令说："能把此木柱搬到北门去者，就赏金十两。"此令一出，咸阳百姓都觉奇怪，数日之内竟无人前来搬木。

商鞅得到回报后，又传令说："若谁能搬动走木，重赏五十两金。"百姓们闻之，更是惊讶不已，不久，还真有个壮汉半信半疑地前来搬木，他扛起木头，横穿都市，走向北门。当然，这其中有众多百姓纷纷前往看个究竟。

壮汉把木移至北门后，立即得商鞅赏金五十两。于是，消息不胫而走，百姓纷纷传言左庶长官商鞅出言有信，不欺百姓，对商鞅的信任感大增。

商鞅了解到了百姓的心理变化，认为达到了立木取信的预期目的。于是，下令公开颁布新法。变法令一经公布，国中上下一片肃严，所及之处，都得到了贯彻执行。

变法法令颁布一年后，秦国许多人前往国都，诉说新法有的地方给人带来不便，这时太子也触犯了法令，商鞅说：“新法不能顺利实行，就在于上层人士有带头违法之举。”太子是国君的继承人，不能给他施以刑罚，商鞅便将他的老师公子虔处刑，将另一个老师公孙贾脸上刺字，以示惩戒。通过这件事，秦国人都知道了商鞅变法的决心，便坚决地遵从法令，再也不去议论法令的是非了。

商鞅才智不凡。有令必行，取信于民的谋略，收到了强制推行新法的效果。

鲁仲连巧言善辩

在战国时，秦国进攻赵国，在长平一战取胜后，又进一步围攻赵国都城邯郸。楚国派春申君、魏国派晋鄙各领兵去赵国援助。但是魏王又害怕秦国进行报复，便令军队驻汤阴（今河南汤阴），不肯前进，同时又派辛垣衍到邯郸，通过平原君说服赵王，和魏王一起遵秦王为帝。而齐国的鲁仲连却反对投降，主张坚决抗秦。于是便展开一场投降与反投降的辩论。鲁仲连先从秦国的侵略本性谈起，然后讲到尊秦的危害性。不应对秦抱什么幻想，只有坚决抗秦才有出路。原书大意是这样写的：

鲁仲连见到了辛垣衍一言不发，辛垣衍说："我看，居住在这个围城之中的人，都是有求于平原君的。今天我看您先生的玉貌，不像一个想要求照顾的人，为什么老居住在这个围城之中而不走呢？"鲁仲连说："天下人都认为鲍焦是心胸狭窄、忧愁苦闷不得善终的，都错了。现在大家都没有见识，都只知道为自己打算。那秦国乃是抛弃礼义而崇尚在战场上夺得头功的国家，采用权术对读书讲欺骗利用，像对待奴隶一样对待他的臣民。那秦王竟然毫无顾忌地称了帝王，过后就用他那一套手段来统治人民，治统天下，那么我鲁仲连只有赴东海而死了！我是不能忍耐做他的顺民的。所以要见将军您为的是帮助赵国啊！"辛垣衍说："先生您打算怎么样来帮助赵国呢？"鲁仲连说：

“我要使魏国和燕国都来帮助它，齐国和楚国是已经支持了的。”辛垣衍说：“燕国，那我是相信他们会听从您的；至于谈到魏国，我就是魏国人，先生您有什么办法让魏国也来帮助它呢?”鲁仲连说：“这是因为魏国还没有看到秦国称帝的害处。假如魏国看清了楚国称帝的害处，就一定会帮助赵国的。”辛垣衍说：“秦国称帝的害处究竟怎么样?”鲁仲连说：“从前齐威王曾是讲仁义的了，带领天下诸侯去朝拜周天子。过了一年多，周烈王死了，各国诸侯都去吊丧，齐国晚到一步，周王发怒说：‘呸，你妈是奴婢!’结果被天下人耻笑。从前人家活着的时候就去朝拜，人家死了又去咒骂一顿，确定是不能忍受别人要求的。天子，本来就是那样，没有什么奇怪的。”

辛垣衍说：“先生您就是没见到过仆役吗？十个人去听从一个人指挥，难道是力气比不上，聪明才智不如他吗？只是怕他呀!”鲁仲连说：“这样看来，魏国对秦国来说，就像仆役吗!”辛垣衍说：“是的。”鲁仲连说：“那么，我准备叫秦王把魏王剁成肉酱!”辛垣衍很不高兴地说：“嘻！也太过份啦，这是先生您说的，先生又怎么能够叫秦国把魏王剁成肉酱呢?”鲁仲连说：“本来就能够，让我说给你听吧。从前鬼侯、鄂侯、文王，这是商纣王手下三个大诸侯。鬼侯有个女

三十六计之假道伐虢

儿长得很漂亮，把她献给纣王，纣王嫌她长得很难看，于是把鬼侯剁成了肉酱。鄂侯就在纣王面前替鬼侯争得很急切、辩得很激烈，纣王因此把他杀了晒成肉干。文王听到这个消息，长叹几声，纣王就把他下在美里的监狱里关了一百天，想置于死地。天下怎么还有这样的人，本来和人家地位不相上下，结果反而把自己降到任别人宰割的地位啊？齐闵王要到鲁国去，夷维子拿着马鞭作随员，对鲁国人说：‘你们准备怎样来接待我们的国君？’鲁国人说：‘我们准备要用十副三牲来招待你们的国君。’夷维子说：‘你们这是用哪里来的礼节，招待我们的国君的？他是我们的国君，天子啊。天子出来巡查，诸侯都得离开宫室，交出全部钥匙，卷起衣袖，捧着小炕桌，在大厅下面侍侯用膳；等天子吃喝完了，才退下去处理国事！’鲁国人听了，把城门都锁上，拒绝齐闵王进入鲁国。闵王只好到薛国去，借路经过邹国。正在这个时候，邹国的国君死了，齐闵王打算去吊丧。夷维子对邹国王了说‘天子要来吊丧，你们丧家一样定要把灵柩移个方向，原设置在北面现在放南面，好让天子坐北朝南吊丧。’邹国的臣子都说：‘如果一定要这样办，我们宁可用剑自杀了！’结果是齐闵王不敢进入邹国国境。这些邹国和鲁国的臣子，对待他们的国君，他活着时不能好好侍奉供养，他死了以后也不能好好引含饭的礼节。但是别人要用对待天子的礼节强加于邹、鲁的臣子，他们是不答应的。现在秦国是有兵车万辆的大国，魏国也是有兵车万辆的大国，彼此都自称为王。看见别人打一次胜仗，就要捧他做皇帝，照这样下去，是使我们三晋的大臣，还不如邹、鲁仆妾哩！再说秦王这个贪心不知足的人真的称了皇帝，那他还变换一批诸侯的大臣。他要去掉那些他认为不行的，换上那些他所喜欢的。他又要把他的女儿和爱说坏话的女人嫁给诸侯去作妃子，住在魏王的宫廷里，魏王哪里还能够过着平安的日子呢？那么，你辛垣衍将军又怎么能够像原来那样得到魏王宠信呢？”于是辛垣衍站起身来，一再拜谢，请罪说：“我起初认为您先生是一个无能之辈，今天我才知道先生您的确是个天下有才德的高人。请让我离开这里吧，日后不敢再提尊秦王为皇帝的话了。”秦国的将军们都听到了这个消息，于是就下令军队撤离邯郸五十里。适巧遇到魏公子无忌（偷到虎符）夺下大将军晋鄙的兵权，带领大军救赵击秦，秦军撤围而去。

这件事情尽管说的委婉隐晦，但“假途伐虢”的目的是明确的，是毫无疑义的。由于鲁仲连能言善辩，说服了辛垣衍，才使魏、赵避免了一起“假道伐虢”悲剧的发生。

刘邦封赏释嫌

楚汉相争，项亡刘胜，西汉政权就此建立。统一了中国后，刘邦大封功臣，最初，得到封赏的只有张良、萧何、曹参等二十多人。此时，刘邦志得意满，却不能看到他的那些“猛士”们正在日夜争功，各怀心腹事，已经没有心思为他安守四方而效力了。

一天，刘邦与张良到洛阳南宫去，途中发现许多将领三五成群地坐在路旁的沙滩上窃窃私语。刘邦疑惑地问张良：“这些人在谈什么?”张良早已得知，由于封赏之事已在众将中激起不满之情，见刘邦问他，便乘机指出这一潜在的危机，说："陛下有所不知，这些人是在谋反！"刘邦大吃一惊，忙说："天下已经安定，他们为什么还要谋反？"张良说："陛下，您出身布衣，依靠的是这些将领东征西战，才取得了天下。如今，被您加封的功臣仅有萧何、曹参等一班故人；而所诛杀的，都是您平生切齿痛恨的人。眼下这些将领既怕得不到封赏，又怕将来被您杀掉，所以聚在一起谋划造反。"

刘邦闻言十分忧虑，只好向张良问计说："你看此事如何处理为妥？"张良想了想，反问刘邦道："陛下平素最憎恶，而且为群臣皆知的人是谁呢？"刘邦不加思索地脱口而出，说："雍齿！此人一向对我不满，多次在大庭广众面前窘辱我，我早就想把他杀掉；但也考虑到他在军中的影响，及他作战勇敢，功劳很大，我才留他几日。"张良笑道："好！陛下赶快宣布，先封雍齿。"然后，进一步解释说："群臣见雍齿尚能封侯，人心自会安定。"刘邦恍然大悟，立即依计而行。

第二天，刘邦大摆酒宴，将全体将领请来喝酒。酒过三巡之后，刘邦郑重宣布封赏众人。当刘邦宣布第一个被封侯的人竟是雍齿时，一下在群臣中引起了很大震动，不但出乎雍齿意料之外，也出乎众将意料之外。接着，刘邦依次论功行赏。"雍齿是皇上最不满意的人，他还被封了侯，我们还不满什么呢？”众将十分高兴，情绪一下都安定了下来。至此以后，全国局面稳定，西汉政权因此而得到了巩固。

张良设计，封赏仇人，使众人之疑、不满自消，从而稳定了大局，在当时情势下，确不失为上策。

假借“诛晁错”乘机夺天下

西汉建立以后，刘邦为了确保刘家天下，分封了一些子弟为王。到汉景帝时，这些诸侯王的势力越来越大。他们在自己的封地内征收税赋，铸造钱币，任免官吏。不受朝廷约束。天下又快要成诸侯割据的局面了。这时御史大夫晁错提出了“削蕃”的建议。主张要及时削减各诸侯王的封地，限制他们的发展。并且指出：有些诸侯早已存有造反之心，削蕃他们可能造反，不削蕃他们早晚也要造反，所以与其养虎遗患，不如早点解决。”汉景帝觉得晁错的意见很有道理，便下决心要削减诸侯王的封地。

吴王刘濞就蓄谋造反，苦于一直找不到机会，这次听说汉景帝要削蕃，他便打起了“清君侧，诛晁错”的旗号，煽动其他的诸侯国一起造反。很快吴王刘濞纠集起七个诸侯国，直奔京城杀来。这时朝廷上下极为震恐，有些妒忌晁错的人都说是晁错引来的大祸，只有处理了晁错，叛乱才能平息。汉景无奈，只好杀了晁错，并答应免了诸侯起兵之罪。要求他们立刻撤兵。

汉景帝的诏书下到叛军手中，因为他们本来就不仅仅是为杀一个晁错，便退回了诏书。抛弃了“清君侧，诛晁错”的借口，公开与朝廷分廷抗议，这时汉景帝起用大将周亚夫，经过三个月的战争，终于平定了七国之乱。

在封建社会中，诸侯国直接公开叛变朝廷，是很难得到响应的，所以以吴王刘濞为首的七国则以“诛晁错”为借口，来号令天下。待晁错被杀之后，七国叛军的造反之势已成，便转而进攻朝廷。在这里，晁错相当于虢国，而朝廷相当于虞国，伐虢之后，必然伐虞，这属假途伐虢中一箭双雕的策略。

诸葛亮用计气死周瑜

三国时，刘备用计从孙权手中“借”去了荆州，又娶走了孙权的妹妹，吴国一直想要讨回荆州。鲁肃奉周瑜之命来见刘备，索取荆州。刘备依诸葛亮之计，待鲁肃说明来意，就大哭起来，直哭得鲁肃愕然不知所措。诸葛亮出面解释："当初借荆州曾许诺取得西川便还，细想起来，益州刘璋是我主公之弟，取他城池，恐被外人唾骂。若是不取，又还了荆州，何处栖身？若不还荆州与尊舅面上也不好看。事出两难，因此我主人泪出痛肠！"见鲁肃信以为真，诸葛亮又说："有烦你回见吴侯，恳求再容缓几时。吴侯既以亲妹嫁给皇叔，想必是会答应的。"鲁肃只得应允。鲁肃回去对周瑜一说，周瑜就知上了诸葛亮的当。于是设下"假道伐虢"之计，令鲁肃再去荆州跟刘备说，孙、刘两家既结了姻亲，便是一家，若刘备不忍心去取西川，东吴便去取来作为嫁妆，而后把荆州还给东吴。鲁肃不解："西川路途迢迢，取之不易，莫非你是在用计谋？"周瑜得意地笑道："你道我真个去取西川给他？我只以此为名，实际上是要取荆州，教他没有防备。待我兵马路过荆州，向他索取钱粮，刘备必然出城劳军，那时乘势杀之，夺取荆州！"

于是鲁肃又到荆州见刘备说："吴侯十分赞赏皇叔之德，遂与诸将商妥，起兵代皇叔取川。以西川权当嫁资，换回荆州，但军马过境时，望助些钱粮。"诸葛亮满口答应下来。刘备不知其意，诸葛亮说："此乃'假途灭虢'之计，名为取川，实取荆州。待主公出城劳军，乘势杀入荆州！"于是诸葛亮将计就计，让周瑜领兵到来时遭到伏击，吴军只得退回江去。周瑜的“假道伐虢”之计没有得逞，被活活地给气死了。

一箭双雕

赤壁之战后，三国鼎立局面出现。当时刘备的大将关羽镇守荆州，他想以荆州为基地，向外发展、扩充蜀疆土。公元219年曹操派大将军曹仁出镇襄樊，关羽认为这是个极好的时机，可以北进，于是除加强与吴国相邻的江陵，公安和长江以北一带兵力外，将荆州城内全部兵力抽调北上围攻樊城。

当时曹仁在樊城只有数千人马，突被关羽围攻，惊恐万状，立即写信报告曹操，要求速派援兵。曹操接报大惊，急派大将于禁带领士卒往救樊城。曹军刚抵樊城郊外，即遇大雨滂沱，汉水突涨，平地水深数尺，于禁所带人马皆被淹没，于禁与诸将避水上堤，又被关羽乘船围攻，只好投降。这一战，关羽大获全胜，还斩杀了曹军名将庞德，威震华夏；迫使曹操急忙召集群臣商议，准备迁离许都。

司马懿向曹操建议说：“应该写信给孙权，使孙权出兵攻击关羽后方，答应事成后把江南之地割让给他。孙权惧怕关羽得志后进伐东吴，一定赞成。只要孙权出兵，樊城之围，即可迎刃而解”。曹操听后，非常同意，立即写信给孙权。孙权接信一看，正中下怀。原来吴国镇守汉昌的太守吕蒙见关羽调大兵攻

孔明二气周公瑾

樊城，认为这是一个夺取荆州的极好时机，孙权听完吕蒙的建议后，也正图谋攻占荆州，今见曹操的书信，于是立即写了回信。信中说：“我将遣兵西上，袭击关羽，只要我攻下了江陵、公安二城，关羽知道，必然回军奔救，则樊城之围，不救自解。但对吴军的这次行动，还望保密，不使泄漏，免使关羽有备。”曹操接信后，召集群臣商议。多数人认为对孙权这一行动，应该保密，使关羽首尾不能相顾，然后再乘机出击，那关羽就必败无疑。唯独谋士董昭力排众议，他说：

“军事应权衡利弊，以有利为宜，不可拘泥什么信义。最好的办法是回信答应孙权，同意替他保密；而暗地却有意向关羽泄露孙权这一行动。我们正好借助孙权南攻江陵、公安的力量，逼关羽回师，让孙、刘两家互相仇杀，以解樊城之围，我们还可待其疲惫后见机行事。如果我们真的为孙权保密，使孙权毫无阻挡地占领江陵，公安，那孙权如愿以偿，就会很快得势，这对我们来说也是非常不利的。再说，我们不将孙权从南面进攻关羽的消息泄露出去，一旦樊城粮草将尽，士卒定会惶恐起来，那后果不堪设想。如果让城内士卒知道孙权要攻取江陵、公安，关羽围城不会长久，士气会高昂起来，就是碰上再大困难，他们也能坚持下去。所以泄露孙权袭击关羽的消息，实为上策。”曹操听后，甚觉有理，于是依计而行。

且说关羽率军围攻樊城后，得知吕蒙带兵撤离虎口，以为后顾之忧已经消除，遂将守备江陵、公安一线的兵力，抽调北上，去围攻樊城。这样，其南方的守卫力量就大为减弱。吕蒙见关羽中计，立即报告孙权，孙权便亲率吴兵，水陆并进，向荆州进发。吕蒙当时被孙权派为先锋，率水军进至寻阳后，便将其精兵埋伏在船内，船面上的人，都扮成商人模样，日夜兼程，很快到达关羽所管辖的江岸。这时荆州士卒还真以为是商船，毫无戒备。谁知船一靠岸，吴兵即蜂涌而出，蜀军还没有弄清是怎么回事，就个个当了俘虏。吕蒙很顺利地占领了长江北岸，并挥师向荆州进发。关羽派守公安的傅士仁和守江陵的糜芳，都先后投降了孙权。

这时关羽对孙权袭击荆州一事，一无所知，正在强攻樊城，忽有士卒进帐报告，说曹操派大将徐晁率军前来解救樊城，并向营中射来许多书信。关羽接信一看，十分惊异。原来曹操听从董昭建议，将孙权的书信抄写了几百份，在派徐晁率军救樊城时，叫他带上，有意分别射向樊城城里和关羽营中。此信在蜀、魏两军士兵中广为流传。城内魏军得知孙权进兵，一片欢呼；城外蜀兵得知吴军袭击其后，惶恐不安，军心涣散。突然荆州已失的消息飞报而来，关羽只好撤离樊城，回救荆州，正遇孙权率大军到达。关羽自知势孤力弱，只好逃奔麦城（今湖北当阳县东南），又被吴将朱然，潘璋截断其去路，于是关羽父子被擒。

董昭将计就计，利用孙权与关羽的矛盾，造成关羽的后顾之忧，不但解救了樊城之围，而且利用孙权消灭了关羽的势力，达到了一箭双雕的目的。

一石两鸟

唐肃宗时，司空李光弼与叛将史思明在河阳（今河南孟县西）对峙，两军相持不下，双方均无进展。思明想断截光弼粮道，移师河清县，光弼得报，亦亲自率军到野水渡去驻扎，筑垒抗拒，两军相持一天，光弼就回河阳城，只留下一千名军士，派部将雍希颢留守，并指示他说："史思明有两名勇将高庭晖和李日越，今晚必定会派一名来劫营，你只可固守，不可与战，如果来投降，你就带来见我。"这奇怪的命令，希颢莫名其妙，只好遵命固守。

果然，史思明当晚决定劫营，对李日越说："李光弼长于守城，怯于野战，今移驻原野，已陷入我军之圈套，必为所擒，你今夜劫营，一定要把他生擒回来，若捉不到李光弼，你就不必回来见我！"日越于是率领五百精锐骑兵出发。

希颢严守阵地，天晓时果见一贼将率领几百骑兵走近栅前，对左右说："敌将果然来了！且看他怎样。"乃裹甲息兵，吟笑相视，毫无敌对的表现，日越见此状很是奇怪，便喝问："司空在哪里？叫他出来答话？"希颢答道："他昨夜已回河阳城去了！""他留下多少兵？统将是谁？”只留下一千兵，统将是我雍希颢。”日越听后沉吟不语。希颢却反问：“你是姓李还是姓高？”“姓李！”希颢即笑着说：“想必您是李日越将军了，司空有命，知将军素抱忠心，不过为环境所迫参加叛军，今特令我在此迎接将军。”日越踌躇起来了，想起史思明临别时“捉不到李光弼就休回来见我”的话，李日越沉默片刻便对他的部下说：“今捉不到姓李的，回去大家都难免一死，不如投降罢了。”从骑均无异言，于是放下武器请降。希颢开栅相见，问明名号，果是李日越，大喜过望，当即引见李光弼。

李光弼热情地接见了李日越，把他引为心腹，日越为此十分感激，为了报答光弼的恩惠，自告奋勇的要写信招降他的同僚高庭晖，光弼却说：“不必了，他自然会来投诚的。”

过了几日，高庭晖果然率部众来降，光弼待他也十分优厚，与日越相同，并为二人向朝廷奏请官职。

当时有人问李光弼收降敌军两员猛将，怎么这么容易？光弼答：“这是因为知己知彼的缘故，史思明常说我只能守城，不能野战，我将阵地转移到鸭水渡，他以为我投进了圈套，必遣勇将日越等来攻击我，但我离开了，日越找不到我，自然不敢回去缴令，在当时的那个情况下，李日越除投诚外实无别路可走。庭晖才勇都超过日越，见日越在我们这里被宠任，必然也来投诚谋占一席，他两人当时所以降附是环境所迫的，并非真心。”听过李光弼的这番分析，诸将领无不为之叹服。

宋江青州收众虎

话说双鞭呼延灼带兵进剿梁山泊，全军覆没，只身径投青州，半路又被桃花山强人偷走了他的踢雪乌骓马。青州慕容知府知呼延灼是一位难得的将才，建议他留在青州，扫清附近的桃花山、二龙山、白虎山三山强人，再保奏他引兵到梁山泊复仇。

呼延灼先打桃花山，桃花山的小霸王周通、打虎将李忠等不是呼延灼的对手，便求救于二龙山。在二龙山当山大王的共大小七位头领：为首的是花和尚鲁智深，第二是青面兽杨志，第三是行者武松；四位二级头领是金眼彪施恩，操刀鬼曹正，菜园子张青和母夜叉孙二娘。鲁智深、杨志、武松下山，与呼延灼交战一场，未分胜负。因白虎山头领毛头星孔明、独火星孔亮带人去青州“借粮”，慕容知府急招呼延灼收兵回来保卫青州。呼延灼于青州城下将毛头星孔明生擒活捉。孔亮引残败人马遇见武松，武松引孔亮见鲁智深、杨志、备说孔明被捉一事。武松道："当年我和宋江住在他庄上，多有相扰。今日以义气为重，聚集三山人马，攻打青州，杀了慕容知府，擒获呼延灼，各取府库钱粮，以供山寨之用，如何？"鲁智深道："洒家也是这般思想。"杨志便道："青州城池坚固，人马强壮；又有呼延灼那厮英勇；不是俺自灭威风，若要攻打青州，须用大队人马。梁山泊宋公明处兵强马壮，更兼呼延灼是那里的对头。我们三山人马并作一处，且去攻打青州。孔亮兄弟，可星夜去梁山泊，请下宋公明来，并力攻城，此为上计。"众人称善。孔亮将白虎山的残存小喽罗交给鲁智深，星夜投梁山泊来。

孔亮到梁山泊见过宋江，备说孔明被捉，三山聚义打青州，请求下山支援一节。宋江道："此事容易。先来拜见晁头领，共同商议。"宋江引孔亮参见晁盖、吴用、公孙胜，并众头领，备说呼延灼走在青州，投奔慕容知府，今日捉了孔明，以此孔亮来到，恳告求救。晁盖道："既然二龙山、桃花山两处好汉，尚兀自仗义行仁，今者三郎（宋江）和他至爱交友，如何不去？"晁盖要亲自下山，宋江道："哥哥是山寨之主，不可轻动。这个是兄弟的事。既是他远来相投，小可若自不去，恐他弟兄们心下不安；小可情愿请几位弟兄同走一遭。"梁山泊点起五军，共计二十个头领，马步军三千人马，由宋江统率，奔青州而来。

宋江会见三山好汉，问起打青州胜败如何？杨志道："自孔亮去梁山泊后，前后交锋三五次，各无输赢。如今青州只凭呼延灼一人，若拿得此人，观此城子，如汤泼雪"。吴用道："此人不可力敌，可用智擒。"此日青州城下，两下列阵厮杀，不分胜负。当夜，宋江、吴用、花荣三人三骑，在城北门外土坡上看城。呼延灼不知是计，遂引兵来捉，结果连人带马跌进陷坑，被宋江等生擒。宋江亲扶呼延灼上帐坐定，晓以大义，招呼延灼入伙。呼延灼在梁山泊损兵折将，心想回东京也没好果

三山聚义打青州

子吃，又见宋江等如此重义气，情愿归顺。呼延灼赚开青州城门，梁山泊及三山好汉一齐拥入，青州顷刻被破，大牢中救出孔明等人，府库金帛米粮洗劫一空。

宋江在青州府里做个喜庆宴席，请三山头领同归梁山泊，众皆应允。李忠、周通使人回桃花山，尽数收拾人马钱粮下山，放火烧毁寨栅。鲁智深也使施恩、曹正回二龙山，与张青、孙二娘收拾人马钱粮，也烧了寨栅。当日之间，三山人马皆完备。宋江领大队人马，班师回梁山泊。

假斋戒林则徐祈得“金钱雨”

林则徐不仅是中国近代著名爱国者，而且是一位体察民间疾苦的清官。

他在担任湖广总督期间，湖北发生百年不遇的大旱，庄稼枯死，米价腾贵，许多农民流离失所，他号召官员们捐款，竟无人响应。林则徐心中恼怒，但却不露声色地出告示说：“为解贫民饥馑之苦，定于三日后设坛祈雨，上自督抚，下到县官，皆应照例斋戒三日，不许吃荤，不许喝酒，以示诚心敬天之意。”

三天后，林则徐亲率众官登坛焚香，行礼祷告。礼毕，林则徐命众官坐于芦席之上，对大家说：“我们这些官者平日养尊处优，今天我与诸位皆不张伞打扇，坐在烈日之下体验一下农民稼穑之苦，如何?”众官不敢违命，在烈日下坐了三炷香的工夫，便汗流浃背，叫苦不迭。林则徐好像忽然想起了什么，说：“天气炎热，不可无茶。”茶来之后，林则徐与众官每人吃了一碗，不久，便呕吐不止。此时，林则徐起身正色道：“谁也不要掩盖呕吐之物，由侍官一一检查，看看我们敬天是否忠诚。”检查结果显示，只有林则徐所吐为粗饭蔬菜，其他人所吐皆为酒肉腥荤之物。

林则徐神色严肃地说：“斋戒祈雨，是何等重要之事，你们竟敢如此不诚。天不降雨，实是你们触怒上天所致，诸位现在有何话说?”众官闻言，面面相觑，既恐惧又惭愧，都表示愿意尽力捐钱。这样，林则徐很快筹到了一笔巨款，赈济灾民，平抑粮价。

在这里，林则徐运用的便是假途伐虢之计。林则徐假借祈天求雨之名，行引导众官捐钱之实。他事先叫人在茶中放入呕吐之药，众官吐出荤腥之物说明他们生活富足，有足够的能力捐钱赈灾。林则徐不动声色地将这些吝于出钱的官员陷于被动的状态中，让他们乖乖地掏出腰包，真可谓用心良苦。在日常生活中，当发动群众而处于僵局时，身为领导者，不妨借鉴一下林则徐的作法。

蒋介石逼孙科下台

1931年发生“九·一八”事变，日本帝国主义开始大规模侵略中国。

在汪精卫、孙科等人的逼迫下，蒋介石决定与粤方讲和，宣布释放被幽禁了8个月的胡汉民。

10月14日，蒋在张人杰的陪同下来到南京双龙巷胡宅见胡汉民，蒋说：“过去的一切，我都错了，请胡先生原谅，以后遇事，还得请胡先生指教。”

9月24日，蒋介石给汪精卫一封亲笔信，信中说：

“弟当国三年，过去是非曲直，愿一人承之。惟愿诸同志以党国危亡在即，各自反省，相见以戒，勿使外间以为中山党徒只顾内争，不恤国难。”

9月30日，宁粤双方在广州举行会谈，粤方要求蒋介石下野，由宁粤召开统一会议，产生统一的国民政府。

12月15日，蒋被迫辞去国府主席、行政院长和国民革命军总司令等职。

蒋介石通电下野，电云：

“中正许身革命，进退出处，一以党国为前提；解职以后，仍当本国民之天职，尽党员之责任，捐摩顶踵，同纾国难。”

蒋介石在与汪精卫、胡汉民、孙科的斗争中败下阵来，但他仍有办法令孙科等人下台。

四届一中全会推林森为国府主席，孙科为行政院长，张继、伍朝枢，戴季陶和于右任，分别担任立法、司法，考试和监察院长。

孙科资望不足，才干平平，不足以管理国民党的烂摊子。

胡汉民说到孙科，有一段很风趣的话：“因为他是孙中山先生之子，所以有革命的脾气；因为他在国外长大，所以有洋大人的脾气；因为他是独子，所以有大少爷的脾气；他有时只发一种脾气，有时两种一同发，有时三种一同发。”

身为行政院长，有三种脾气的孙科，面对下野的蒋介石一种脾气也发不出来，因为蒋介石虽然下野，但仍握有实权。

支持蒋介石的宋子文控制了财政系统，他为抵制反蒋势力，给财政部的公职人员发了三个月的薪水，让他们暂时离职。当时，蒋系特务机构已成规模，对不忠于蒋的人时常给点厉害看看。因此，蒋的亲信多数不敢叛蒋附孙。

由黄埔系控制的中央军，是效忠蒋介石的，不听孙科的命令。

蒋介石看孙科对财政无办法，就让何应钦向孙科要军饷，逼得孙科一筹莫展。

在外交方面，孙科任用陈友仁当外交部长，要张学良保卫锦州，建议同日本绝交，公开反对蒋介石的不抵抗政策。孙的用意很好，但他手中无权难以实施。

财政、外交两个方面的问题孙科都解决不了，军事问题更不用提。因此，孙科陷入困境，只得于 1932 年 1 月 2 日，召开中央政治会议紧急会议，决定由林森、孙科出面邀请蒋介石重返南京。

孙科被迫给蒋发一电报，电云：

“新政府虽已产生，以先生及殿堂（胡）季新（汪）两兄均不来京，党国失去重心……国事不易收拾……务望莅京坐镇，则中枢有主，人心自安。”

稍后，张继与何应钦又到奉化劝驾。这正是蒋介石所期望的，因此，蒋倒也未做作，答应出山。

17 日，蒋、汪会商，并由二人联名致电在香港的胡汉民，请他共赴国难，胡汉民想起被蒋软禁的日子，仍然心有余悸，遂推病不从。

18 日，孙科也亲到杭州。

晚间，蒋在西子湖畔烟霞洞设宴招待汪、孙。席间，决定成立以蒋作宾为首的外交委员会，同意孙科辞职，由汪精卫组阁。

25 日，孙科正式辞去行政院长职。

26 日，蒋夜访汪，对汪说："请兄速行组织行政院，主持大政，中正愿不受名位，竭诚相助。"

28 日，中政会任汪为行政院长。

3 月上旬，国民党在洛阳召开四届二中全会，决定成立军事委员会，任蒋为委员长。

蒋介石东山再起，孙科倒台。

事实证明，玩政治，孙科决不是蒋介石的对手。

丘吉尔假道进德国

17 世纪，法国打败西班牙，在欧洲称霸，英国、荷兰和奥地利三国结盟抗法，为了打破三国联盟，法国在 18 世纪初同巴伐利亚建立同盟，把德国南部置于自己控制之下。接着在 1704 年计划采取两面攻势，西攻荷兰，钳制英荷军队；东攻奥国，希望一举将其全歼。当时的英军统帅是马尔博罗公爵约翰·丘吉尔，以深谙韬略，名噪一时。丘吉尔得悉法军的计划后，制定出相应对策：在荷兰方向采取守势，同时将大军集中在多瑙河谷，与奥地利军队配合作战，把法军赶出德国南部。

不过，要执行这个计划困难也很大。困难来自三个方面。他得说服荷兰人，相信英军削弱荷兰边境防御，开赴德国作战最终符合荷兰的利益；他得骗过法国人，相信英军不会入德作战；他得调动部队长途行军，并克服由此引起的后勤补给问题。

庞士元议取西蜀

后勤补给虽然困难，还比较容易克服。因为部队将沿莱茵河行进，可以利用水运。但是解除敌友双方的顾虑却决非易事。

他对荷兰人说，如果他能沿莱茵河向上游开进一段路程，就可以经摩泽尔河打到法国境内了。荷兰人觉得计划合理，表示同意。对于法国人他则利用间谍提供假情报，说明他将短途行军到摩泽尔河。接着英军出发，速度相当快，不久便到达摩泽尔河。此时，荷兰人和法国人都想着他要调头向南，沿摩泽河前进。但是他却并不南下。他对荷兰人说，沿摩泽尔河进攻的条件尚不成熟，因为法国人听到风声，已有所准备。但是如果继续溯莱茵河前进，到达菲利普斯堡，则可包围沿摩泽尔河部署并准备拦阻他的法军。法军通过间谍也获悉了他的新计划，又见他事先在菲利普斯堡堆集了弹药，架设了桥梁，也信以为真，知道他不会深入德境，仍不在意。

丘吉尔率军继续前进，不久到达菲利普斯堡附近的海德尔堡。此时，荷兰人和法国人都料定他会转向前进，谁知他却向部队分发补给，命令部队继续向德国南部开去。荷兰人见状大怒，但已鞭长莫及，无可奈何；法国人也发觉势头不妙，赶快调整部署，但为时已晚。1704 年 8 月 13 日，丘吉尔和奥军协同作战，在巴伐利亚南部一个小镇布伦海因大败法军。

丘吉尔用计骗过了盟国荷兰和敌国的军队，在 5 周时间内，率领 4 万部队，辗转行进 350 公里，终于击败法军。这也算得一个出名的战例。

英国借口入缅甸

拿破仑战败以后，法国遭受重大损失，英国在欧洲霸主地位进一步加强。英国的殖民地战争已经扩展到南亚和东南亚。因为缅甸的地理位置极为重要，它位于中国和印度之间，同印度东部和中国西南部有着漫长的边界线，控制缅甸，不但可以巩固英印殖民地，而且可以打通进入中国西南各省的道路，这就使英国越来越想控制缅甸。其次，缅甸的柚木闻名于世，是造船的最好材料，这是扩大在印度的英国海军的又一有利条件；第三，英国产品可以尽量多地输入缅甸；第四，防止英国以外的国家控制缅甸。上述原因促使英国急不可待地要侵入缅甸，但必须要找一个合适的借口。最后，英国决定利用刷浦黎岛挑起战争，入侵缅甸。

内夫河口的刷浦黎岛，位于阿拉干（缅甸）和吉大港（印度）之间，对于这个岛的归属，当时缅甸与英印有争议。1823 年 2 月，一支英军占领该岛，并在岛上竖起英国旗。缅甸阿拉干总督派兵将英军驱逐后又主动撤回。不久，英军再次占领，并置缅方的警告而不顾，赖在岛上不走。1824 年 1 月，缅甸名将班都拉接任阿拉干总督，立即派兵逐出英军，占领刷浦黎岛。英军趁机制造舆论，于3月5日正式向缅甸宣战，第一次英缅战争就这样爆发了。

到1826年1月，英军凭借先进的武器装备和战术战胜了缅甸的封建王朝军，缅甸派出代表求和。在扬达波无条件地接受了英国的要求，于1826年2月24日签订了丧权辱国的《扬达波条件》。条约规定：缅甸放弃对阿萨姆及其他邻近小国的领土要求，今后不得干预他们的事务：缅甸把阿拉干省和丹那沙林省割让给英国；缅甸政府赔款1000万卢比（当时英印的货币单位），分4次付清；英国船只可以自由出入缅甸的港口，商船免税。英军的侵略计划如期实现。

俾斯麦借局布势

1851年5月11日，法兰克福联邦议会来了一位新大使，他就是来自普鲁士的年仅36岁的俾斯麦。法兰克福联邦议会由各邦诸侯代表组成，为争夺在联邦的领导权，各国大使斗争十分激烈。当时奥地利在各邦中势力最为强大，在联邦议会中占据明显的优势，而俾斯麦代表的普鲁士势力则相对弱小。俾斯麦来到法兰克福，明显感受到议会中的不平等，他对奥地利高人一头的作法十分不满，就找机会向奥地利人提出挑战。

在议会中有一个不成文的惯例，就是只有担任主席的奥地利人才有权在开会时吸烟。俾斯麦决心改变这种不平等的作法，在一次会议中，他看准时机，当主席抽一根雪茄烟时，他也立即拿起一支，并向主席借火将烟点燃，自己也吸起来，以此来表示普鲁士和奥地利是平起平坐的。当然由于两国实力相差较大，很难争得真正的平等，但俾斯麦的这一姿态却使各邦侯不得不令眼相看这位来自普鲁士的新大使。

希特勒批准了这个作战方案

1940 年 5 月 10 日拂晓，德军以大规模空袭为前奏，以坦克、装甲车为先导，在数百公里长的德国西部战线上全面出击，很快冲破比利时、荷兰、卢森堡三国国防线。

德国 B 集团军开始进入比利时、荷兰——坦克部队从正面侵入，空降兵在敌后着陆，夺取机场、桥梁等军事要地，然后前后夹击，进展神速，不久，比利时和荷兰两国便相继宣布投降。

与此同时，德军 A 集团军群于开战当天向卢森堡和比利时的阿登地区发起攻击。只有30万人口的卢森堡未经抵抗便落入德寇魔掌。5月14日，第一批德军坦克和摩托化师顺利通过阿登山区，侵入法国境内，并在色当地区强渡马斯河，重创英法盟军；随后，德国快速部队占领英吉利海峡沿岸，正面分割了英法联军。英法联军约40个师被包围在比、法边境的敦刻尔克地区，最后盟军不得不被迫撤退到英国。

荷兰、比利时、卢森堡之国的陷落，使其不仅成了德军入侵法国主攻方向上的通道，而且也被做为德军的空军基地和潜艇基地。德军的A、B两个集团军群调整部署，准备从已占领的地区出发，继续向南进攻法国腹地。

6月3日至4日，德军再次发动猛烈空袭，派出大批飞机轰炸法国各机场和其他重要目标，摧毁了法军空军力量，完全掌握了制空权。5日拂晓，在180公里正面战场上，德军分成两路发起猛攻。B集团军群自阿布维尔——亚眠一线实施突击，于13日突破顽强抵抗的法军防线，向南深入挺进；A集团军群12日突入巴黎东北的马恩河，5月11日法国政府被迫迁出巴黎，当日宣布巴黎为不设防城市，14日德军不战而入巴黎城。南下的德军已经进至马其诺防线侧后。6月14日，德军C集团军群在50公里宽的正面战场上进攻马其诺防线，法军虽有数十万精兵在此布防，可怎奈腹背受敌，很快便土崩瓦解了。德军假道比利时、荷兰和卢森堡等国实施进攻，使法军自以为固若金汤的马其诺防线没能发挥出设计者们所期望的应有作用。

在德军的凌厉攻势下，法军终于全线大溃败。6月20日，以贝当为首的法国政府正式向德国宣布投降。

德军假途灭虢，在西线征战40余日，席卷荷兰、比利时、卢森堡，直捣法国，大获全胜。希特勒成功地避开了对方锋芒所在，选择有利的进攻路线，绕道对敌人及其盟友实施远距离跨地界的连续作战，终于使其征服法国的阴谋得以实现。

盟军突袭皮奈蒙德

二次世界大战期间，盟军得到了一则令他们震惊的情报：德国人正在研制一种威力巨大的新式武器。这种新式武器可能是无线电制导的火箭或滑翔式炸弹，也可能是某种远射程的大炮。一旦这种新式武器应用于战争，就会使英国城市遭受更大的灾难，也会使盟军在大反攻时的登陆行动遭到失败。盟军决定摧毁与研制新式武器有关的所有地区，其中对皮奈蒙德岛的轰炸是最成功的。

皮奈蒙德岛位于波罗的海，是德国研制新式武器的重要基地。为炸毁这个基地，盟军采用了假道伐虢的计谋。

以前，盟军经常派轰炸机对柏林进行夜间袭击。盟军飞机轰炸柏林的航线与皮奈蒙德很近。每当空袭警报响起时，皮奈蒙德基地的德国科学家和工作人员就躲进了避弹坑。天长日久，基地的工作人员见盟军的目标只是柏林，便渐渐疏于防范，盟军正是利用这一点做文章。

再次轰炸时，盟军轰炸机群沿以前空袭柏林的航线飞行，为避开雷达，这些飞机飞得很低。在轰炸柏林时，盟军飞机打开诱惑雷达的设备，制造假象来困扰敌人，把德国空军主要力量拖在柏林上空，德国人全力守卫柏林，没想到盟军飞机将头一掉突然来到了皮奈蒙德。基地里的德国人以为盟军飞机的目标是柏林，所以没有任何设防措施。盟军飞机在皮奈蒙德投下 1593 吨烈性炸药和 281 吨炮弹，炸死 730 个与研制新式武器有关的德国人，其中两个科学家是十分关键的人物。这次空袭皮奈蒙德基地使希特勒暴跳如雷，德国空军参谋长耶舒恩纳克也为此自杀身亡，此举为二战的胜利做出了不可磨灭的贡献。

盟军飞机借道皮奈蒙德，只路过不轰炸，天长日久使皮奈蒙德的德国人产生错觉，以为盟军飞机只轰炸柏林，这就为盟军飞机突袭皮奈蒙德创造了有利的条件。在这里，皮奈蒙德是“虞国”，柏林是“虢国”。盟军飞机袭击柏林只是一种假象，回过头来轰炸皮奈蒙德才是真正用意。在战场上没有君子与小人之分，有的只是生死攸关的利害冲突，因此类似的方法手段是值得借鉴运用的。

宋裴卿经营的独特手段

宋裴卿创办东亚公司后，既继承了其先人的经营经验，又学会了一套西洋资本主义的经营方法，所以在经营技术方面，的确有他的一套独特手段。

东亚募股的原则是“不怕股东小，就怕股东少”，所以东亚股东人数最多时，达到一万多户，而且遍及全国各地，分布在各个阶层。除个人股以外，很多家庭、团体、工厂、商店、学校、教会等也多有东亚股票。为了拉拢股东，凡是股东较多的地区，公司每年都派员去当地支发息红；对远道股东寄发息红，则由公司负担汇费。对于一些各界闻人，为了利用他们的社会声望作为号召，总要采取种种方法把他们拉来作为东亚的股东，入股多少，在所不计。如南开大学校长张伯苓、天津商会会长纪仲石、上海闻人陈立庭、金融界巨子陈光甫等，加入的股份都很少。如果要把这些名人选为董事，而他们的投资不足法定数额时，则由公司临时借给其一部分股份。

宋裴卿除了把当地金融界中坚拉进来作股东之外，一面通过各方面社会关系，广泛吸收职工存款，供其周转利用。他吸收存款的特点是利率高，存取方便，种类多，并就近在企业内吸收工人存款。这些方法都收到了很大效果，经常存款额高达 150 万元左右。这样就使东亚摆脱了银行、银号的高利盘剥，扩大了营业的幅度。

船王包玉刚假途伐虢

创业初始的包玉刚，势单力薄，只能从经营一条旧的烧煤货轮开始发展自己的事业。

这时他看到航海运输能赚大钱，就想买条大船，可买船自己又没钱。当然，钱可以从银行贷款，但是没有信用保障，银行里不会贷款给你的。

包玉刚苦思冥想了几天，终于想出一个好办法。怎样获得信用保证呢？可以先把船租出去，让租户开出信用状，用租户的租金作保障。这样，租户的保证可使银行信任，而银行贷款行动的支持可以实现他对租户的承诺。

赵云截江夺阿斗

一天，包玉刚约晤了汇丰银行信贷部经理桑达士先生。包玉刚之所以选择汇丰银行，是因为它是香港头号印发钞票的大银行。

“密斯特桑，您以为英国一度称雄天下，靠的是什么？”

诧异片刻之后，桑达士反问道：“您的意思是船坚炮利吗？”

“船坚最重要。不过，时代在变，当今东方的船已经压倒西方，尤其是日本制造的船。”

“哦，何以见得？”

“日本的机器、钢铁、航海设备，和欧洲船不相上下，但他们的售价却便宜三分之一，而日本人的生意手法就更公道了，造好了船，送到买主手上，才收取船价，欧洲人则船未出坞就索钱……”

桑达士蛮有兴趣地听着：“日本人了不起，可跟我们有什么相干？”

“有！他们能够造船，是世界第一流的，我们香港是自由港，可以停船。而他们造船但不想拥有船，可必须用船。”

桑达士微笑着，情不自禁地对这位宁波人的智略产生了敬意，同时也似乎明白了此次约晤的用意。“包先生，这次找我，一定有什么雄图大略，说来听听。”

“密斯特桑，我想向日本船厂订购一条新船。计划书做好了，排水量 7500 吨，船价 100 万美元，船成后要付足。不过，有一家日本运输公司肯签第一年的租约，租金是 75 万英磅，我想向贵行贷款，相当于租金的数目。”

桑达士思忖了片刻：“我佩服你的雄才大略，只是银行的规矩，你拿什么担保？”

“信用状！承租船的那家日本运输公司，会在它的银行开出信用状的。”

“原来你还没拿到信用状？”

“如果拿到了信用状贷不贷？”

“贷！只要你有信用状，我马上贷给你！”

桑达士并没把包玉刚看在眼里，理由很简单：你的船还没买到，就要人家租它，开一张信用状，作为年租金的保证，这不等于预先付款吗？他可没想到，这恰恰是包玉刚独特的经营方式，他经营航运，必先找好长期的租户，然后才购置新船，这不但能保证船不会空置蚀息，也可以说服银行大量贷款，即租户的保证可使银行信任，银行的支持则可实现他对租户的承诺。

几天之后，包玉刚果真拿来了一张 75 万英磅的信用状。桑达士惊讶了，信服了，他确信包玉刚是个干大事业的人，于是贷款如数开出。

就这样，包玉刚用贷款买船的方式，只一年光景，就成为拥有七艘货船的船东。1962 年，他又与桑达士合作，成立了“巴哈马世界海运有限股份公司”，其中汇丰银行股份占三分之一。从此，汇丰银行成了包玉刚的强大后盾。

青岛啤酒占美市场

青岛啤酒厂生产的青岛啤酒，打入美国市场11年时间（从1978～1988年），销售量增长近100倍（从2万箱增长到200万箱），成为美国啤酒进口史上的一个创举（荷兰最有名的“汉尼根”牌啤酒在美国市场上的销售量从2万箱上升到100万箱共用了40年的时间），其重要原因，除产品质量好，又比较适合美国人的口味外，就在于他们借助国外实力雄厚的代理商，利用代理商的销售网，“假途伐虢”，使产品进入国际市场。

该厂在美国找到了莫纳克进口公司总经理斯仲达先生。斯仲达对青岛啤酒质量十分满意，承接了代理推销业务，为了使美国消费者了解中国的青岛啤酒，不惜重金，在美国的报纸和电视台上做了大量的广告（如从1980年开始，利用晚间7～8点的最佳电视广播时间做广告，多年不间断），而且，还在各种饭店多次举办青岛啤酒品尝会，并先后为青岛啤酒印制了100多种大小不同、图案新颖、颜色鲜艳的宣传品。

这些宣传品有的可以立在饭店的餐桌上，有的可以挂在墙上，有的印刷在塑料袋上。经过多年的努力，目前几乎所有设在美国的中国餐馆、法国餐馆、日本餐馆、意大利餐馆，无不卖青岛啤酒。在美国，70%的啤酒是在餐馆中消耗的，各种餐馆都卖青岛啤酒，这是青岛啤酒在美国畅销的一个重要标志。此外，斯仲达先生还在美国精选了350个批发商，并在50个州中建立了销售网点，从而，使青岛啤酒在美国各地都有销售。

毛金才“小船”挂“大舰”

1984年，土生土长的毛金才承包了年亏损3.8万元的牛庄镇民用机械厂，带着仅有的17名职工白手起家、艰苦创业，使企业的产量、产值、利润年年翻番。民用机械厂也变成了海城市高频焊管厂。毛金才的成功就在于把自己的“小船”挂在了本溪钢铁公司的“大舰”上。

1985年，毛金才正在为企业寻找生路的时候，得到这样一条信息：本溪钢铁公司决定用补偿贸易的办法，调剂部分钢材，筹集技术改造资金。毛金才立即想到，如果能敲开本钢的大门，对于小小的乡镇企业，就不愁没有好日子过了。他想尽了一切办法，为本钢筹备了300万元资金，本钢保证3年之内向他们提供

12000吨比平价高、比议价低的卷板。由此，不仅解决了企业无原料的难题，而且与本钢联合生产“溪牛”牌高频焊管。就这样，毛金才的“小船”挂在了本钢这只“大舰”上，争取到了良好的外部条件。

企业救活了，毛金才更想发展。为了使挂在“大舰”上的“小船”能全速前进，毛金才奋力地划动起企业管理和技术改造的“双桨”。

首先，毛金才强化生产经营管理，完善承包责任制。根据企业的特点，实行了“三统一分”的管理方式，总厂对分厂还实行“五定一奖惩”的承包制。使企业结成一个互相依存的共同体，充分调动了各方面的积极性。毛金才还注意强化质量管理，严格把住质量关。在厂内按照国际通用标准，制定了严格的质量责任制。与此同时，实行严格的检查制度。

其次，毛金才狠抓技术改造、提高经济效益。高频焊管投产时，质量一直不稳定。毛金才从外地聘来几名专业技术人员，帮助厂里进行技术改造。经过一个多月的奋战，改造了原来不合理的设备、工艺。而后，毛金才又组织人才先后攻克了其他技术难关。使他们的产品达到国内质量标准。

由于毛金才的“小船”挂上了“大舰”，再加上他奋力划动“双桨”，他们的产品连创省优、部优，走俏全国。

赵松生重夺国外市场

1984年，一位专门经销中国自来水笔的港商在参观英雄金笔厂时，开门见山地告诉刚刚担任厂长的赵松生这样一个事实：“10多年前在日本，贵厂出品的自来水笔，最多时一年要销到200万支。现在你们再去看看，英雄笔一支都看不到了。你们在那里的市场，已经被日本厂商完全占领了。”从“200万支”到“零”，年销800万支的英雄金笔居然在国际市场上的地位越来越小，给赵松生不小的刺激。与此同时，刺激赵松生的还有一个信息，我国一些规模较大的设计院所用的工业绘图笔，一年就要花掉国家100万美元。

面对这种情况，赵松生找到了一个适应客观条件的对策。英雄金笔厂生产多年工业绘图笔，但是长期达不到国外同类产品的先进水平，主要是因为国内没有在笔头生产方面的工艺技术，因此，必须争取时间先进口部分国外笔头，组装成品。然后再尽快掌握其先进技术，为在短时间内赶上国外先进水平创造条件。

为此，赵松生选择了德国的“法伯”公司，英雄金笔厂从该公司进口笔头，装配英雄工业绘图笔。再加上销售、技术人员的多方努力，英雄高级绘图笔终于挤掉了国外名牌产品在国内的部分市场，仅几年的时间，就销售了 4 万多支，为国家节约了近 10 万美元。

这初步的胜利，使赵松生看到了“英雄”的希望，他不满足于国内市场，他的目标是飞向世界。赵松生从国外制笔业的发展中，看到“英雄”要在世界上扩大自己的市场，必须发展新产品。他决定用化纤工艺新技术生产微孔墨水笔和宝珠笔。

经过艰苦的努力，赵松生终于带着他的新产品闯入了国际市场。现在全国 1/5 的自来水笔上，都印有“英雄”商标。英雄金笔厂的产品从原来的 20 多个品种发展到 65 个品种。新产品的利润占总利润的 1/3 以上。1987 年，英雄金笔厂出口笔突破 1000 万支大关，1989 年，“英雄”笔的出口量为全国的 1/2。自 1985 年至 1990 年，为国家创汇近 3000 万美元。

企业的生存和发展与企业家的勇气和智慧相关联。赵松生所走的引进——消化——创新的道路应该是更多的企业走向世界的必由之路。

健力宝集团的成功之道

在洛杉矶奥运会上，李宁一人独得3枚金牌，威震体坛；而健力宝饮料也在奥运会上初试锋芒，赢得了“中国魔水”的美誉。这个来自中国的饮料与中国体育明星一道，为祖国赢得了荣誉。从此，健力宝与体育结下了不解之缘。

健力宝在短短的几年时间里，由一个默默无闻的民营小酒厂发展成今天的现代化、多元化的外向型集团企业。健力宝的成功历程，处处洒下了艰辛的汗水，时时闪现出体坛精英矫健的身影。在多次重大中外体育赛事中，由于健力宝的巧妙参与，使企业和产品的形象给竞技者和观众留下深刻印象。

鉴于健力宝属于国内首创的运动保健型饮料，在它呱呱坠地之时，公司就很有远见地选定了体育作为开拓国内市场的突破口。在第二十三届奥运会上，健力宝与中国健儿不负众望，大扬国威，赢得了“中国魔水”的桂冠与闪闪发光的奖牌。公司则因势利导，充分利用新闻媒介的传播作用，全面掀起宣传攻势。

1987年第六届全运会开幕时，健力宝公司耗资250万元购得这次运动盛会的饮料专用权。公司别出心裁地给全体工作人员做了厂服，并对所有参加开幕式的观众赠送健力宝饮料。这天，蔚为壮观的广州天河体育中心瞬间变成了健力宝的海洋。虽然1天之内花费10多万元，但健力宝换来的却是难以估量的社会效益。

健力宝公司宣传势头之猛，招式之奇，令行内行外人士无不叹服。1988年，中、尼、日三国登山队联袂攀登珠穆朗玛峰，“中国魔水”又跟随五星红旗登上了地球之巅，成为“世界最高峰饮料”。同年，健力宝又在北京举行隆重仪式，向夺得第二十四届汉城奥运会金牌的中国选手，赠2万元的健力宝金罐，引起体育界乃至社会的轰动。

“健力宝”的品质注定了它与体育事业结下了终身缘分，也决定了它把体育作为提高企业知名度，借以开拓国内外市场的广告定位。因此，从“健力宝”集团成立之日，哪里有大型体育活动，哪里就有“健力宝”。全运会、亚运会、奥运会……赛场内到处都是“健力宝”的广告，赛场外，随时有“健力宝”一掷千金的赞助。与体育结缘，又意味着与新闻媒介结缘。正是借助公众对体育的关注，借助新闻媒介的宣传，才使“健力宝”品牌深入人心。

空手道大师

财富无归属，任君自攫取。人们称珠海西区的钟华生为“中国最大的空手道大师”，没有丝毫夸大的成分。钟华生到西区的时候，肩头顶着脑袋，两手拎着铺盖，其他再没别的。但3年后，就靠他那“空手道”本领，5亿多元的资金源源不断滚进了西区。

搞经济开发，需要资金，这是再简单不过的道理。但是国家没有钱，那么资金从哪里来？钟华生不靠不等，自己找出路，他决定利用特区的优惠政策，去影响人民群众，吸引7000多亿的储蓄资金。很快，一个围海造地、向社会民间招股的集资方案出台了。他规定每股人民币10000元，入股者可享有100平方米建房用地和从外地迁入户口参加西区建设的权益。消息一发布，西区立即门庭若市，短短的时间便吸纳了万余股。西区把这笔资金的一部分“扔”进海里，换来了4平方公里的土地。1平方公里给入股者建房，其余的用来招标兴建城市配套设施。按现时地价计算，围海造地的投入几千万元，已产生出十几个亿的价值。土地就是财富。钟华生白手起家，集资有方，不愧为“空手道大师。”

小仲马在他的剧本《金钱问题》中说过一句话："商业？这是十分简单的事，它就是借用别人的资金。"借用他人的力量来达到自己的目的，这是一条通向成功的捷径。

实惠攻势

1990 年 12 月 1 日，是香港广告界的里程碑。从这天开始，香烟广告再不能在电视及电台上播放。政府这一着实在厉害，因为电视广告声色兼备，如果广告商运用得宜，实在是强而有力的宣传武器。如今政府一声令下，拍得引人入胜、扣人心弦的香烟广告，立刻消失于男女老少都朝夕相对的电视荧光屏，香烟广告商有如被断只手，再无力牵引消费者进入吸烟世界了。

面对政府的杀招，香烟商当然不会坐以待毙，所谓"你有张良计，我有过墙梯"，老谋深算的香烟商，早已经作好部署，在电视禁播香烟广告之际，另辟蹊径，全面展开新的宣传攻势，务求失之东隅，得之桑榆。

根据心理学的一个基本原则——"强化定律"(Law Of Rmeinforcement)，要吸引人的注意，得到人的好感，最简单直接的方法，莫如使他们宣传效仿。

孙权遗书退老瞒

沙龙香烟就是好例子，在电视香烟广告禁播之后，沙龙马上在红堪体育馆推出免费音乐会，请得年青人圈子里当时得令的软硬天师当司仪，以及一群港、台、日的流行歌手演出，入场不收分毫，但却限于十八岁以上的吸烟人士才可入座。由于演唱会阵容鼎盛，而且又是免费，所以必然可以引起一番哄动。

沙龙这一着实在是高招，流行音乐主要是年青人的玩意，沙龙的免费音乐会自然会吸引不少年青人参加，由于广告指明吸烟人士才可入座，因此，演唱会的观众绝大部分都会是沙龙的目标顾客。青年有一个特点，就是善变及爱好新奇事物。在演唱会内，沙龙当然会出尽法宝，使观众沉浸于沙龙的“动感世界”里，部分原来吸其他牌子香烟的观众，可能会受到现场气氛的感染，决定一尝沙龙的口味，于是沙龙就大收宣传之效了。

另一展开实惠攻势的香烟商，就是薄荷特醇星徽，特醇星徽在广告内以“双重享受，超凡优惠”为题向消费者送大礼，凡买特醇星徽一包，送林子祥最新的镭射唱碟十元现金优惠券，可算出手阔绰。

由于不同阶层，所以特醇星徽送大礼的宣传攻势，可能希望集中吸引较成熟的消费者，而沙龙的免费音乐会，则特别受年青人的喜爱。

经济战加速德军灭亡

1944年初，第二次世界大战中的中立国瑞典的首都斯德哥尔摩市，来了一位名叫斯坦顿·格里菲斯的特殊的美国人。格里菲斯曾先后当过美国驻波兰、埃及、阿根廷和西班牙的大使，是一名具有丰富外交经验的外交官。不过，现在他的身份却不是外交官，而是麦迪逊广场花园体育场的董事长，布伦坦诺书店的老板，最佳影片公司的总经理。格里菲斯此次来到斯德哥尔摩，名义上是为最佳影片公司物色演员，但真正的目的，却是要同瑞典的滚珠轴承工厂做一笔大买卖：买下瑞典生产的大量的滚珠轴承。

滚珠轴承，是生产飞机、坦克所必不可少的零件。为了破坏德国的飞机、坦克的生产，1943 年下半年，盟军就把德国的滚珠轴承厂列为重要的空袭目标，决心不惜牺牲大量的人力和飞机去摧毁德国有限的轴承生产能力。同样，由于轴承生产对德国军队具有极其重要的意义，德军也决心下大力量保卫它的轴承生产厂。此后，双方进行了一次又一次激烈的摧毁与反摧毁的较量。1943 年 10 月 14 日，200 多架美国轰炸机轰炸了设在弗兰科尼亚的滚珠轴承生产厂。为保卫这家工厂，德军一次起飞战斗机 300 架，与美军在空中展开了殊死搏斗。在这次空战中，德军击落了 60 架美国轰炸机，击伤 17 架。但德国的滚珠轴承厂也遭到了严重的破坏。因此，德国只好大量的从国外购买轴承。而瑞典是轴承的发明国，每年均生产、出口大量的滚珠轴承。瑞典在第二次世界大战中是中立国，与德国一直保持着良好的关系。德国每年都要从瑞典购进大量的铁矿石、特种钢材、机床和滚珠轴承。同时，还向德国提供了大量的贷款。为了最大限度地破坏德国的战争潜力，配合战场的军事斗争，英、美等国决定，对瑞典开展一场空前规模的经济战、外交战，迫使瑞典中断与德国的联系。格里菲斯此行正是为了切断德国的轴承供应。

在成群的希望成为演员的瑞典青年的包围中，格里菲斯秘密地与斯德哥尔摩工业、贸易界人士进行了接触、谈判。他随身带着支票，愿以较高的价格将瑞典滚珠轴承工厂向德国出口的全部滚珠轴承都买下来。但正如事先预料到的那样，格里菲斯的建议，遭到了瑞典企业家的拒绝。现在，战争仍在进行，还看不出交战双方哪一方会最后赢得这场战争，谨慎的瑞典企业家不愿得罪德国这个老主顾。然而，格里菲斯毕竟是有备而来的。不达目的，怎能轻易罢休？软的不行，那就来硬的。格里菲斯以他那外交官特有的方式，向瑞典政府打出了第一张王牌：如果瑞典希望在第二次世界大战后在国际理事会，即联合国占据一个席位，那么，就必须立即停止同德国人、意大利人进行贸易，同时，向盟国提供曾经向德国提供过的同样的交通设施。随后，又向瑞典的企业家、银行家们打出了他带来的第二张王牌武器：黑名单。所谓黑名单，正式的名称叫“英国法定名单”和“美国公开名单”。名单上列有轴心国、同盟国以及所有的中立国国家中曾经“给予美国和英国的敌人以非法支援及安慰的人的名字”，并规定，“根据法律，黑名单上的人被认为是英国和美国的敌人，应以经济上的麻疯病人对待之。他们的财产一旦进入我们控制范围就应没收；任何美国人或英国人都不许同他们以任何方式进行交易……他们的人员、货物及通信不许从盟国控制地区的任何航路上通过”。

此外，针对各中立国政府，又规定了一条更为严格的法令：“给予敌人支援及安慰的国家的船只和飞机应予没收，他们在盟国控制区内，不能获得保险、货物、燃料或食品，也不能获得入港权；要让他们在公海上漂流，直到它们自行崩溃、燃料用尽，或被逮捕为止。”这些规定，看起来简直就是“最野蛮的冒险家所使用的各种不道德的鲁莽手段”，然而，在世界上到处都燃烧着战火的这个特殊的时期，却有着无比的威力。

格里菲斯一手挥着黑名单这张王牌，一手拿着随时都可以兑现为美元的支票，终于将瑞典人制服了。当瑞典认识到问题的严重性之后，接受了盟国提出的条件：停止了通过瑞典的全部德国军事运输；吊销了进入德国港口船只的保险；铁矿石、机床及滚珠轴承的对德出口也逐步停了下来。而后，就连德国的记者、外交人员也被禁止进入这个国家。到 1944 年 12 月，瑞典彻底关闭了德国北面的窗子。在经济战这个特殊的战场上，盟国又一次赢得了胜利。

一个国家的经济、技术力量，作为其军事力量不可或缺的物质、技术基础，又是直接关乎战争胜负的决定性因素。盟军在同德军进行激烈的军力较量过程中，综合利用军事斗争与非军事斗争相结合的手段，在经济领域同敌展开角逐和争夺，并不断地赢得了胜利。这种“釜底抽薪”的谋略运用，有效地加速了德军的灭亡。

解“反求工程”的受益者

反求工程，也叫反向工程。它是对国外同类先进产品进行全面、系统、深入地科学分析和研究的一种方法。反求工程是一种破坏性研究，它往往要把产品逐件拆开，运用科学的测试和分析手段，全面、细致地进行研究。在全面系统掌握该产品的基础上，取其所长，研制出质量更高的新产品。

在日本被人们称为“摩托车大王”的本田宗一郎，是日本本田技研公司的创造人。目前世界上每 4 辆摩托车中便有 1 辆是本田公司生产的。他之所以能飞黄腾达，秘诀之一就是充分应用了反求工程。

本田宗一郎是一个平民出身的新兴企业家。战后的日本一片废墟，本田就从机器生产上找出路，他从黑市买来了500个日本军队使用的带动野外电台发电机发电的小引擎，安装在自行车上，结果这种自行车大受欢迎。1957年，本田正式挂出了“本田技研工业株式会社”的招牌，着手研制真正的摩托车。当时，雄踞世界摩托车市场的是美国的“哈雷”、德国的“神达普”和英国的“大炮”三大名牌产品，这三大名牌摩托车在性能上各有千秋。为了博采众长，扬长避短，本田宗一郎带人考察了美国、英国、法国、意大利、德国等摩托车生产先进国家，买回了许多摩托车。回国后，他立即组织力量对摩托车进行破坏性反求工程研究。经过100多次的破坏性试验，终于全面系统地掌握了竞争对手产品的性能、特点与不足之处，并在1958年8月生产出了第一辆新式C－100型“超级小狼”摩托车。这种摩托车集各家名牌产品之长，避各家名牌产品之短，一问世，立即获得好评，很快就畅销全世界。1959年摩托车奥运会大赛上，本田的摩托车获得了制作奖。1961年，本田公司生产的摩托车又囊括了250毫升级摩托车比赛的前5名。从那时以后，几乎所有摩托车赛的奖杯都被本田公司捧了去。这进一步使本田的摩托车赢得消费者的信赖，进而大大打开销路。

本田宗一郎从摩托车的反求工程研究起家，他在摩托车行业站住脚跟之后，又开始进军汽车业。在发展汽车的过程中，他仍然充分应用反求工程研究，投资了 420 万美元，建立本田公司技术研究中心，聘请了 850 名专家来进行汽车的研究发展工作。为了这个中心，本田每月要开支 60 万美元。对此，他认为十分值得，他说："我们这一行惟一的解决方案，是要详细思考，集各家之长，全力研究新产品，" 本田是公司的大老板，但在他的名片上写的却是本田研究发展会社社长。

由于重视反求工程研究，使本田在汽车事业上也迅速发展。目前，日本的汽车工业是本田、丰田、日产鼎足三分，在世界各国到处可见本田的汽车，本田宗一郎又在"摩托车大王"的称号上，多了一个"日本福特"的誉称。

夏普打出高手牌

1962 年，英国的隆姆洛克公司和美国的威尔公司几乎同时宣布了一项新发明——电子计算器。当时，大型计算机发展很快，在商业，科学技术方面迫切需

攻雒城黄魏争功

要利用计算技术来解决各种问题，但是大型计算机价格偏高，结构复杂，使用不便，而市场上已有的电动计算机又不能满足新的要求，于是一种小型、灵活、便宜的电子计算器出现了，它填补了大型电子计算机与电动机械式计算机的“空档”，这个发明，当时并没有引起美国企业界的重视。

美国电动机械式计算机公司中的保守思想相当严重，不少技术权威毕生从事电子计算机的研究和改进，使之达到了发展的顶峰。这些足以自豪的成就，反而使他们目光迟钝了。恰巧威尔公司及其他一些公司在发展电子计算器技术中也遇到了很大困难，使其他公司相信，电子计算器没有什么前途了。这种失策终于使日本的夏普公司捷足先登。

夏普公司从美国引进样机，1964 年仿制出来，同年 9 月开始向世界各地推销。三年后采用 MOS 大规模集成电路及数字管，性能有很大改进，价格降低了一半，一时雄踞世界市场。到 1971 年，在美国电子计算器市场上，日本货占 80%强。在短短三五年内，日本夏普公司发挥了自己的技术优势，把他们在晶体管收音机、电视机及其他家用电器方面积累的设计技术和生产经验，用于仿制电子计算器，获得了巨大成功。

日本公司的飞跃发展，惊醒了美国企业家。1971 年，美国公司利用它在半导体工艺方面的技术优势，发展了单片电路，并采用发光二极管显示。这次重大的技术革新，使美国重振声威，再度夺得技术优势。然而，日本夏普公司并没有停滞不前，而是迎头赶上，紧追不舍，他们集中技术力量，在美国技术的基础上，于 1973 年又推出了“单板电子计算器”，把集成电路、键盘和液晶显示都制作在一块钢玻璃基片上，打了一个漂亮的反击战。夏普公司成功地运用了假途伐虢之计，以美国的先进技术冲击了美国市场。

柯达公司醉翁之意不“售机”

柯达公司被称为彩色软片的王国。经过 10 年潜心研究，该公司于1963年同时在27个国家推出大众化的“袖珍型全自动照相机”。

这种相机可以自动摄影，不分层次，老少皆宜。一经上市立刻引起27个国家的轰动。同年2月28日，纽约及世界主要都市同时举办记者招待会，首次公开发表柯达10年秘密研究的成果。人们都以为，这下柯达可要发大财了，但出人意料的是，在这次大会上，柯达公司宣布“柯达相机的专利，本公司绝不独占，允许全世界所有的厂家仿造”。

这可真是大将风度，前无古人，很多人不理解。但很快柯达公司的醉翁之意就显露出来了。自从“袖珍型全自动照相机”问市后，各国厂商纷纷仿造，又由于使用方便，成为人们的抢手货。随着自动化相机进入千家万户，柯达公司的胶卷也席卷了全球，照相机市场的扩大带来了柯达胶卷市场的扩大，柯达公司正是通过放弃专利，来扩大照相机市场，最终达到扩大胶卷销售市场的目的。

惠勒公司试吃试穿

有一叫惠勒的公司经营与吃穿住用有关的各种商品近万种。它的商品琳琅满目，应有尽有，因而每日顾客如云。商品是这家公司生意兴隆的原因之一，而奇特的经营方式是吸引顾客的最主要的原因，这家公司出售的商品摆在陈列柜上，是供顾客试吃试用，而不是直接出卖。顾客经过试吃试穿后，记下满意的商品，付款后只要取一张领货单，就可以马上在商店门口取到包好的商品。

一位从肯尼亚来的客人要给自己的女儿买一件外套，可是无论在哪家商店都找不到合适的，因为她女儿的身材太高了。她带着女儿来到惠勒公司的商店，试穿了 13 件服装，终于满意地为女儿订购了 3 件外套。第 3 天上午，公司营业员就将 3 件新外套送到她的住处。

田纳西州一个叫玛丽的顾客，要给她那刚生孩子的儿媳购买一些营养饮料和食品，但她的儿媳不喜食含牛奶味道的食品和饮料。这位顾客花了半天的时间，尝了 72 种食品、饮料，终于选到了 12 种无牛奶味的食品、饮料。当她付完款取领了货单后，就在门口取到包好的一大包食物回家。

由于惠勒公司的经营的方式独特，因而名声广为传扬，无形中产生了广告效果。该公司的总经理说："本公司不做巨型广告，把这笔钱省下来给顾客免费试吃、试穿，它的效益比大型广告更有号召力。"惠勒公司这种经营方式，经常被一些乞丐占便宜。他们曾经发现，一些找不到饭吃的乞丐，故意做一下打扮，装成要买东西的样子，在店里面东吃一块，西吃一块，尝饱了就离开，一样东西也不买。不过，有些乞丐来几次后，感到羞耻，也就不登门了。

本田公司用计取胜

一支军队的战斗力，不只是看士兵能力的优劣，而是和整体士气的高低，军势的强弱成正比。不论古今的组织集团，这个法则是千古不易的。

在商战中，有时成败的原因就在于哪一方能更好地发挥士气。

1965 年曾一度走红的理工公司，突然之间，生意黯淡，毫无盈余，后仅以 3 年的时间，使公司再展雄风，这也是和军势有关。

市村清把公司重建的责任，交给一群二三十岁有活力的年轻人去做，在发表经营计划的同时，并宣布 3 年内薪水将提高 2 倍。

实际上，他们在 2 年后薪水就调升了百分之二十到三十，但是，股东却没有分到多大的利益，终于引起有往来的银行提出抗议，可是市村仍果敢地做下去。

调薪水的用意是想激起员工的工作士气。后来，办法果然奏效了，原来对于调薪之事半信半疑的员工，突然之间士气高昂，工作充满了干劲，将原来低沉的气氛一扫而空。

理工公司就这样奇迹似地恢复了往日雄风，这都是“势”所造成的。

本田技研所在1954年，曾面临一次倒闭的危机，本田投下巨资增加设备，却碰上原本受欢迎的CUB的商品销路大减，而主要商品幻想号又遭到争议。

种种困难，迫使本田技研所难以负荷。

在这种情况下，本田却宣布要参加（IT国际）机车赛，并宣称“要制造第一流的机车，争取世界冠军。”

有些员工十分同情本田，认为他是被财务逼疯，神志不清，才想参加这种比赛。

但是，也有一部分人并不这么想，相反的，这种宣称使得他们精神振奋，虽然以他们当时的赛力来说，这无法同欧洲相比，但是，这种挑战燃起了他们的斗志。

本田为了研究开发技术，改良性能，不分昼夜，取消假日，每天都在公司努力工作，或许是本田的精神感动了员工，他们个个精神抖擞，充满了干劲，勤奋地工作。

经过 5 年认真艰苦的研究开发，终于有了成果，本田技研所第一次参加 IT 国际赛，就在 125CC 的机车赛中赢得 6、7、8 名这样的荣誉，使得全体员工非常兴奋，更加认真投入这份工作。

本田再趁势推广，终于在 1961 年又赢得胜利，在 250CC 和 125CC 机车赛中囊括前 5 名。

本田公司就是应用“假途伐虢”谋略的典范。

肖伯纳向羞辱自己的人鞠躬

肖伯纳的剧本《武器与人》首演获得成功，许多观众要求肖伯纳在剧终时上台与大家见见面。可是，当肖伯纳走上舞台时，突然有一个人对他大声喊道：“肖伯纳，你的剧本糟透了，谁也不要看！收回去吧，停演吧！”

肖伯纳听到喊声，一点也不生气，反而向那个人深深地鞠了一躬，彬彬有礼地说道：“我的朋友，你说得好，我完全同意你的意见。遗憾的是，我们两个人反对这么多观众有什么用呢？我们能禁止这剧本演出吗？”

对待这个人的当面污辱，肖伯纳首先是冷静。一个知名度甚高的作家，应该具有比较镇定地对付这种场面的本领。但冷静之余，也必须给予尖锐的回击。一味忍让，在大庭广众之中，则是一件有失面子的事。然而如果作家正面回答：我的剧本有多么多么好，优点如何如何，艺术特点有多么高超，等等，不但言词必然冗长，而且也对付不了那种蛮不讲理，有意拆台的人，效果未必好。

此时的肖伯纳却表现出了高超的临场应付能力。他先是附和那个人，“我完全同意你的意见，”而后又把观众的力量借用过来，言下之意是，你的反对根本无济于事，广大观众是欢迎的。这也是假道伐虢之计的具体体现，肖伯纳先是“假”同意对方观点之道，再借助观众之力，达到“伐虢”。驳掉和回击对方的目的，做得有礼有节，巧妙异常。

丰田胜似推销的战术

日本丰田汽车公司的“推销大王”名保久，善于在推销工作中抓住各种转瞬即逝的机遇，旁敲侧击，最终达到推销目的。他在推销产品中发现，人们在洽谈生意时，经常有人用火柴替对方点烟，洽谈完毕，火柴盒就留给了对方。这一发现，引发了他的灵感和联想。要是特制一种火柴，在火柴盒上印上公司的名字、电话和地图，吸烟者每点一次烟，公司的名字、电话号码和地图就会印入眼帘一次，这不是无声的广告吗？而且吸烟者一般都是在兴奋和困惑时才想起抽烟，点着烟后，常常凝视着火柴来思考问题，在这种无意识注意中，往往会给吸烟者留下深刻的印象。按照名保久的设想，丰田特制出了这种火柴。名保久认为：小小的一盒火柴虽然很不起眼，但它的作用却很大。一盒火柴 20 根，一个地方如果放了 10 盒火柴，公司的名字、电话号码与地图就等于重复出现了 200 次，如放了 20 盒，就是 2000 次啊，这可是个不小的数字啊，而且用特制的火柴，使顾客的心理有一种受到新鲜的满足感。小小的火柴在丰田公司和消费者之间架起了友谊的桥梁，融洽了双方的关系。一分耕耘，一分收获，有许多顾客都是在看到了火柴盒上的电话号码后，打电话给公司了解最后做出了购买丰田车的决定的。

丰田汽车公司运用的就是假途伐虢之计，利用小小的火柴盒打开了丰田汽车的销路。

糖果商罗宾成为巨富

20年代，一个糖果商罗宾，拥有一家糖果小厂和几家小店，销售状况不理想。在众多大厂的竞争之下，他虽然使出全部解数，但都收效甚微。面对销量越来越少的销售局面，他整天都在想：怎样让小孩子都来买我的“香甜”牌糖果呢？

一天，他看到一群孩子在玩游戏，立即被吸引住了。孩子们把几颗糖果平均放在几个口袋里，由一个公选的人把一个“幸运糖”（一颗大一些的糖）放进其中某个口袋里，不许别人看见，然后大家随意选一个口袋，有幸拿到“幸运糖”的人就要享受特权，即他是皇帝，其他人是臣民，每人要上供一颗糖……他思索着这种奇怪而有趣的游戏规则，突然一个灵感撞入他脑海，他欣喜若狂。他思考了许久，有了一套宏伟的计划。

当时，美国的许多糖果是以1分钱卖给小孩的。罗宾就在糖果包里包上1分钱的铜币作为“幸运品”，并在报纸、电台打出口号：“打开，它就是你的！”这一招很有效果，因为如果买中了包有铜币的就等于完全免费。孩子们都去买来吃。罗宾把“香甜”这个名字也改为“幸运”。他除了大量投入生产外，还不惜血本招来许多经销商，另外再大作广告，将“幸运”糖描绘成一种可以获得幸运机会的新鲜事物，并创造出一个可爱的小动物形象作为标志，使人人都非常熟悉。因为方法奇特新颖，立即闻名全国。罗宾糖的销量像长了翅膀一样，迅速涨了几百倍。

其他糖果商在此启发下，也蜂拥而上，纷纷模仿此法。罗宾就更进一步，买中“幸运牌”的不仅免费，还可以奖励几颗糖。后来他在食品中放上其他物品，诸如玩具、连环画、手枪……始终处于同行前列，转眼间他就拥有800多万美元的资产。

武田制药打假有方

据法国《医生日报》报道，1993年法国医药市场上大约有5%是假冒药品。治疗支气管炎、风湿的众多东亚“神药”都称是纯天然制品。有一种治疗支气管炎的药品，标签上写着内含18种草药，但在德国经化验却含有大量的可的松。

国际贸易商会估计，假药在全世界医药市场上占5%～6%；另一些组织认为，制药工业因假药每年损失360亿马克。这相当于全世界最大的制药厂家——

美国的默克公司年销售额的 3 倍。要想有效地打击制售假药，采取对策极为困难。国际制药商协会联合会的里·阿诺尔德把各种困难归结为一点：“只要假药同真药一样大小、一样颜色，医生、药剂师和病人就很难鉴别真伪。”在这种困难面前，难道就没有一点办法了吗？办法总会有的。几十年前，武田制药采取的公关、销售策略就很值得借鉴。

在本世纪 60 年代初，台湾的武田制药公司研制的合利他命 F 荣获世界专利。这种药不但信誉好，而且单位利润率高。于是引起台湾岛地下工厂的觊觎，仿冒的假合利他命 F 开始出现，并很快给武田制药公司的市场造成冲击。

武田制药公司当时面临的形势是非常严峻的。一方面，当时台湾的法律保障不够细密，商标法、专利法及刑法中妨害农工商的章节还未修正，正牌厂商很难有合理的回报；另一方面，遇到类似的情况，通常的做法是对假冒的厂商进行刑事诉讼，要求民事赔偿，或再登报道歉，但武田制药公司苦于对地下工厂资料匮乏，无法采取法律行动。

经过公司有关部门的策划，一个严谨的以行销应变策略来保护自己的公关活动开始实施。

1966 年，武田制药公司推出了一项看似刺激消费的活动——“武田制药爱福彩券”抽奖。此次抽奖设 1600 多名有高级奖品的大奖，参加的条件非常简单，只要消费者购买合利他命 F 百锭一盒，便可参加。具体要求是，消费者要在空盒上注明自己

取涪关杨高授首

的姓名与住址，以及药房的店名地址。

在空药盒雪片般寄来参加抽奖时，武田制药公司动员了许多专家来鉴定盒子的真伪。通过这一活动，他们不但掌握了消费者的基本资料，还有一个更主要的收获就是，那些出售伪药的药店、药房悉数成了武田制药的瓮中之鳖。

随后，武田制药公司立刻发信给每一位购买到假药的消费者，向他说明假药的害处，并告诉他如何分辨假药。同时，公司派人劝导那些贩卖假药的药店、

药房，再加上治安机关的追查，以及消费者亲自到药店、药房当面愤怒指责，使得药店、药房再也不敢寄希望于假药牟取暴利。

武田制药的这一公关活动计划，部署得相当严密，具有多元功能。药品有其特殊的属性，若消费者事前知悉武田制药的清除假药行动，在害怕买到伪药的恐惧压力下，会影响到销售。而武田制药公司掌握了这一点，以赠奖这一刺激消费的“激将法”淡化了清除伪药的严肃行动。通过这一公关活动，武田制药公司不但建立起了消费者资料档案，而且对购买到假药的消费者有再一次接受产品知识的机会，加深了对武田药品的认识，更主要的是截断了地下厂商的销售通路，彻底根除了地下厂商的危害。台湾的地下工厂一向被认为是“老鼠搬家”，今天被抓，今晚便将简单的机械搬到他处，另起炉灶，因此造成抓不胜抓的状况。而武田制药公司由其生存所需的销售渠道下手，这正是“假途伐虢”成功的最大因素。

第五套 并战计

第二十五计 偷梁换柱

【原文】

频更其阵，抽其劲旅，待其自败，而后乘之。曳其轮也①。

【注释】

①曳其轮：语出《易·未济》卦："九二曳其轮，贞吉。"曳，拉、拽。意思是拉住车轮子，车子就没法行走；抽掉梁柱，房子就会倒塌。

【译文】

频繁地更换盟军军阵，抽调盟军阵容的主力，等待它自己败落，然后再乘机兼并它。拖住了车轮，车就不能运行了。

【按】阵有纵横，天冲[①]为梁，地轴[②]为柱，梁柱以精兵为之。故观其阵，则知其精兵之所在。共战他敌时，频更其阵，暗中抽换其精兵，或竟代其为梁柱，势成阵塌，遂兼其兵。并此敌以击他敌之首策也。

【注释】

①天冲：古阵法术语，语出《握奇经》。指部署在阵形前后的兵力，两冲横向相对，作用类似房梁。

②地轴：古阵法术语，语出《握奇经》。指部署在阵形中央的兵力，作用类似房屋的支柱。

【译文】

阵势的方位有东西南北之分，天衡是前后相对的部位，是阵势的大梁，地轴在中央，是阵势的支柱，大梁和支柱部位都是用精兵主力防守的。因此，观察阵势，就能发现精兵之所在。与友军共同对敌时，频繁地更换友军的阵容，暗地里抽换友军的主力，或者完全取代它，让自己的部队去替代他作梁柱，于是就能吞并他的军队，这是吞并这股敌人后，再去攻击另外的敌人的一个首要的策略。

【计名探源】

“偷梁换柱”的语义出自《玉集·一二·壮力篇》引《太史公记》。

原文：“殷纣……力能索铁舒钩，抚梁易柱，步捉猛兽，手接飞鸟也”今译：殷纣王力大无比，能够使铁成绳状，能够使铁钩伸直，能够手托房梁换柱子，能够步行捉猛兽，能用手抓飞鸟。

唐·张守节《正义》引《帝王世纪》：“纣倒曳九牛，抚梁易柱。”

后世多作“偷梁换柱”，比喻玩弄手法，暗中改变事物的内容或事情的性质。如《红楼梦》九十七回：(李纨）一头走着，一头落泪，想着：“……偏偏凤姐想出一条偷梁换柱之计，自己也不好过潇湘馆来，竟未能少尽姊妹之情，真真可怜可叹！”

偷梁换柱，指用偷换的办法，暗中改换事物的本质和内容，以达蒙混欺骗的目的。“偷天换日”、“偷龙换凤”、“调包计”，都是同样的意思。在军事上，联合对敌作战时，反复变动友军阵线，借以调换其兵力，等待友军有机可乘、一败涂地之时，将其全部控制。此计归于第五套“并战计”中，本意是乘友军作战不利，借机兼并他的主力为己方所用。此计中包含尔虞我诈、乘机控制别人的权术，所以也往往用于政治谋略和外交谋略。

三十六计之偷梁换柱

秦始皇称帝，自以为江山一统，是子孙万代的家业了。但是，他自以为身体还不错，一直没有去立太子，指定接班人。宫庭内，存在两个实力强大的政治集团。一个是长子扶苏、蒙恬集团，一个是幼子胡亥、赵高集团。扶苏恭顺好仁，为人正派，在全国有很高的声誉。秦始皇本意欲立扶苏为太子，为了锻炼他，派他到著名将领蒙恬驻守的北线为监军。幼子胡亥，早被娇宠坏了，在宦官赵高教唆下，只知吃喝玩乐。

公元前 210 年，秦始皇第五次南巡，到达平原津

（今山东平原县附近），突然一病不起。此时，秦始皇也知道自己的大限将至，于是，连忙召丞相李斯，要李斯传达秘诏，立扶苏为太子。当时掌管玉玺和起草诏书的是宦官头儿赵高。赵高早有野心，看准了这是一次难得的机会，故意扣压秘诏，等待时机。几天后，秦始皇在沙丘平召（今河北广宗县境）驾崩。李斯怕太子回来之前，政局动荡，所以秘不发丧。赵高特地去找李斯，告诉他，皇上赐给扶苏的信，还扣在我这里。现在，立谁为太子，我和你就可以决定。狡猾的赵高又对李斯讲明利害，说，如果扶苏做皇帝，一定会重用蒙恬，到那个时候，宰相的位置你能坐得稳吗？一席话，说得李斯果然心动，二人合谋，制造假诏书，赐死扶苏，杀了蒙恬。

赵高未用一兵一卒，只用偷梁换柱的手段，就把昏庸无能的胡亥扶为秦二世，为自己今后的专权打下基础，也为秦朝的灭亡埋下了祸根。

【评语】

“偷梁换柱”原意是用以比喻玩弄手法，暗中改换事物的内容，以达到欺骗的目的。又作“偷梁易柱”。宋罗泌《路史发挥》三《桀纣事多实论》：“（桀纣）倒曳九牛，换梁易柱。”这是说桀纣力大无比。《红楼梦》

第九十七回："偏偏凤姐想出一条偷梁换柱之计，自己也不好过潇湘馆来，竟未能尽姊妹之情。"此计用在军事上是指：在战争中对友军或敌军设法调开它的主力，将其全部控制或消灭的计谋。

古人认为，阵势有东西南北方位，天衡阵首尾相继，作为阵势的大梁；而地轴阵势则位居中央，作为阵势的支柱。梁、柱之间的兵力部署，必须由主力承担。因此，观察敌方的阵势，就能发现它的主力之所在。如果与友军联合作战，就应当随时改变它的阵势，暗中更换它的主力，或派出我方部队以代替它作为梁、柱，这样，该部队就无法守住阵地，我方便可立即将其吞并，并马上把这部分兵力投入另一次战斗中。这就是吞并一股敌人，再去攻击其他敌人的主要谋略。

【战例】

统帅三军庄公设计

周桓王三年（公元前 715 年），郑庄公假托周天子之命，纠合齐、鲁两国兵马前往攻打宋国。宋殇公听说郑、齐、鲁三国兵马入境，大惊失色，急忙召见司马孔父嘉问计。孔父嘉奏道：我已派人打听清楚，周天子并无讨伐宋国之命，齐、鲁两国是受郑庄公的欺骗才出兵的。现在三国合兵而来，其锋甚锐，不可与它正面争战，惟有一计，方可使郑军不战而退。殇公说：郑国明知今日攻宋，有利可得，怎会轻易退兵呢？孔父嘉说：郑庄公亲自出马，领兵攻打宋国，其国内防守必然空虚，因此，只要我们以重金收买卫国，要卫国联合蔡国，以轻兵袭击郑国本土，威胁郑都荥阳，这样，郑庄公就自然会退兵回援了；而郑兵一退，便群龙无主，齐、鲁两国兵马也不会再留下为郑国卖命了。宋殇公听从了孔父嘉的献策，并立即要他挑选200辆兵车，带上黄金、白璧、绸缎，连夜赶往卫国，请求卫国联合蔡国出兵袭击郑国。卫宣公接受了宋国的礼物，果真派右宰丑领兵与孔父嘉会合，经由间道，出其不意，直逼郑都荥阳城下，郑世子忽和大夫祭足急忙传令守城。这时，宋、卫的兵马已在郑都城外大肆抢掠，掳去了大量人畜辎重；接着，右宰丑便要趁势攻城。孔父嘉说：我们袭击荥阳得手，只是乘其不备，应该得利便止；如果继续留下攻城，万一郑庄公回兵救援，将会对我形成内外夹攻之势，那是很危险的；不如就此借道戴国，胜利回师；我估计当我军离开这里时，郑庄公的兵马也该从宋国撤退了。于是，按照孔父嘉的布置，宋、卫两国兵马向戴国进发，想从戴国假道。却不料，戴国国君以为宋、卫兵马是来攻打戴国的，便关上城门死守。孔父嘉大怒之下，多次攻城，但总也攻不下来。

却说郑庄公领兵攻打宋国，本来是很顺利的。郑军大将颖考叔已攻破郜城，公孙阏已攻破防城，分别向郑庄公大营告捷。怎料到正想乘胜挺进之时，忽然接到世子忽从国内送来的告急文书，说是宋、卫两国兵马正进逼郑都。这时，庄公表面上不动声色，只教传令班师。当大军回至半路时，又接到国内送来军报，说是宋、卫军马已撤离荥阳城外，向戴国方向去了。庄公听到这一情报后，想了一下，便传令颖考叔、高渠弥、公孙阏、公子吕等四将，将兵马分为四队，偃息旗鼓，转道向戴国进发。

再说孔父嘉、右宰丑率领宋、卫联军进攻戴国，又得到蔡国领兵相助，满以为一举成功，却忽然接到探马来报说，郑国上将公子吕领兵救戴，已在离城50里处扎寨。接着，又听说戴君得知郑兵来救，已经打开城门将郑军接进城内去了。这时，孔父嘉便对右宰丑说：现在戴国有了帮手，他们必定会合兵向我军求战，你我何不站在壁垒之上，观察城内动静，也好有所准备。于是孔、丑二将便一起登上壁垒，仔细观察城内情形，对着城内指手划脚。正在说话间，忽听一声连珠炮响，城上一时竟遍插郑军旗号，郑将公子吕全身披挂，站在城楼上，大声叫道：多多感谢二位将军费力，我们已经取得戴城了。原来这是郑庄公设的“偷梁换柱”计：假说是要公子吕领兵救戴，其实庄公就坐在戎车之中，只等进了城，便就势并了戴国之军，把戴君给赶走了。孔父嘉在城外见庄公不费吹灰之力便占了戴城，一时气愤填胸，决心要与庄公决一死战。当他正在心中筹划之时，忽报：城中派人来下战书。孔父嘉当即批复来日决战，并约会卫、蔡两国，将三路军马，一齐退后20里，以防自相冲突；由孔父嘉领军居中，蔡、卫军分列左右，三支军队相距不过三里。如此布署之后，各军遵令行动。刚把寨营安好，忽听寨后一声炮响，火光接天，都说是郑兵到了，孔父嘉认为这是庄公使的疑兵计，命令全军不许动乱！不一会儿，左边火光又起了，而且喊声震天，探马来报，说是左营蔡军被劫。孔父嘉叫继续挥军向左，慌忙间迷失了方向，遇上一队兵马便互相撕杀起来，结果发现竟是卫国的人马，于是两军合在一起，赶回中营，谁知中营却已被郑将高渠弥占了，且左有公孙阏，右有颖考叔领兵杀到，一直杀到天亮，孔父嘉无心恋战，夺路而走，遇上高渠弥，又杀了一阵，孔父嘉弃车徒步，跟随的只有20余人，右宰丑阵亡，余下的三国兵马辎重，全被郑军俘获，就这样，郑庄公用“偷梁换柱”计既得了戴城，又兼了宋、卫、蔡三国之师。

假托神意，揭竿而起

公元前209年秋，陈胜、吴广起义就使用了假托神意的诈计。当时，秦王朝征召贫民百姓往渔阳屯戍守边，九百人途中屯驻在大泽乡，陈胜、吴广都被指派为屯长。恰巧遇上天降大雨，道路不通，计算时间已无法按规定期限到达渔阳防地。而按秦法规定，延误戍期，一律处斩。于是，陈胜、吴广就在一起商量，认为逃跑也是死，起来造反也不过是死，等着被杀，还不如为干一番大事业而死。陈胜说：“天下百姓怨恨暴秦已经很久了。我听说秦二世是小儿子、不应继承皇位，应当由公子扶苏做皇帝。因为扶苏不被喜欢，所以皇上让他领兵在外。现在听说他没有罪过，二世皇帝竟然把他杀了。老百姓多半知道他贤明，并不知道他已经死了，还有楚将项燕，多次立下大功，并且爱兵如子，老百姓怀念他。有的人以为他死了，有的人以为他逃跑了。现在，我们如果带领这九百人，诈以公子扶苏、楚将项燕为名，首倡起义，一定得到多数人的响应。两人商量后又去问卜。占卜的人猜出了他们的想法，就说："你们想做的事都能做成，必然有大的建树。不过，你们最好求助鬼神帮助。"陈胜、吴广听了很高兴，一提到鬼神，他们受到了启发，就说："这是教我们假鬼神来树立威望。"于是暗中用红笔在帛上写了"陈胜王"三个字，藏在捕捞的鱼腹中，戍卒买回来做菜吃，发现了鱼腹中的帛书，都感到奇怪。陈胜、吴广又暗中派人在吴广住所旁边长满树木的神庙中夜里点起篝火，模仿鬼狐的声音叫喊："大楚兴，陈胜王。"戍卒听到十分惊恐，到了白天，都交头接耳，指看陈胜。

接着，陈胜、吴广又杀掉押送他们的校尉，召集戍卒号召说："你们都已经延误了戍期，应当被杀头。即使不被杀，长久去戍边，大部分也要死在外边。我们都是血气方刚的壮士，不死则已，要死就干一番大事业！王侯将相难道是天生的吗?"戍卒们听了全都响应。于是陈胜、吴广就以公子扶苏和楚将项燕为名，修筑土坛，登到上面宣布誓约，号称"大楚"，陈胜自立为将军，吴广为都尉，率领戍卒发动了反秦农民大起义。

假托神意这一计谋，在历代农民起义中，常被用以动员群众，壮大起义领袖的声威。东汉时的黄巾起义，清朝的太平天国起义，从始到终都披着宗教的外衣，实际也是假托神意的一种形式。有些搞阴谋篡权的人，为了欺骗百姓，也往往假托神意，如王莽篡位时就搞过一幕这种掩人耳目的闹剧。

亡西魏

公元前206年8月，汉王刘邦在韩信的辅佐下，向东起兵，按路线应顺南郑，经褒中，进入关中。但这条路上的栈道，在刘邦进入关中时已烧毁。此次出兵，刘邦听从韩信用了“明修栈道”之计，派人佯装修复栈道，以麻痹关中三秦，暗中却与韩信率领大兵绕故道迂回进到陈仓（今陕西宝鸡市东），出敌不意，把雍王章邯打得大败而逃，乘势攻入咸阳（今西安市附近），不到一月，三秦之地尽归汉王。第二年，出兵函谷关（今河南灵宝东北），收服西魏王豹，河南王申阳、韩王郑昌、殷王司马印等都投顺汉王。接着又联合齐王田荣、赵王歇共同击楚。四月攻入彭城（今江苏徐州市）。彭城一战，刘邦虽败，逃回荥阳（今河南荥阳东北），但韩信又结集溃败之兵与刘邦会合于荥阳，并在荥阳东南的京县、索亭之间打败楚军，终于阻止住楚军向西进击。

当刘邦自彭城败退之后，形势大变，各王纷纷反汉降楚，在此时刘邦拜韩信为左丞相举兵伐魏。

姚苌杀前秦王

西魏王豹早有准备，当韩信率兵由荥阳沿黄河南岸，到达黄河西岸临晋关时，望见对岸尽是魏兵，知道强渡已不可能，于是择地安营，赶办船只，与魏军隔河相峙，并暗中派人探察上流形势。当韩信探知上流夏阳（今陕西韩城县南）地方，魏兵甚少，守备空虚，便决定采取“偷梁换柱”之计，在正面迷惑对方，从侧面突然袭击。一面佯装增派兵力，集中船只，摆出要由临晋关强流黄河的架势，而暗中却调动大兵，于一天夜晚用木料和瓦罄制成口小腹大的渡河工具，出其不意地从夏阳渡过黄河。

西魏王豹得探卒一日三报，都说韩信在西岸临晋关集中兵力，赶办船只，自以为部署周密，主力几乎铺满蒲坂一带东岸，封锁了河关，汉军不要说渡河，连靠近河边也有困难，很是得意。这天黄昏时分，扼守蒲坂一带的魏军，突然听到对岸汉兵陈船呐喊，以为韩信要率兵强渡，便立即加强防守，准备迎击。魏军哪里料到，韩信这时已在夏阳渡河，突袭魏军后方安邑（今山西夏县西北），生擒守将，并向魏都平阳奔走。西魏王豹接安邑已失的消息，大惊，急忙从黄河岸边抽军回击。又自率亲兵出都，堵截汉军，途中正遇汉军杀来，于是摆开兵马，与之交战，但西魏王豹根本不是韩信的对手，刚一交锋，即大败而逃。汉军全力追赶，将豹围住，豹冒死冲突，总不得出，只好下马伏地，束手就擒。韩信占有西魏之后，汉王刘邦派张耳前来与韩信一起，引兵东进，北破赵、代，从赵入燕，从燕入齐，彭越又在梁地反楚；刘邦则联合九江王英布，并亲自引兵南下，造成夹击之势，终使自己势力又强大起来，各路兵马最后围攻项羽于垓下（今安徽灵璧县南）一时楚歌四起，项羽惨败，项羽在乌江边，自刎而死。

错穿衣服对主张

公元204年秋，曹操围困了邺城（今河北临漳西南），完全断绝了邺城的内外联系。袁尚率领一万余人救援邺城。在到达前，想让邺城守将审配了解外面的形势，先派主簿李孚入城。李孚运用偷梁换柱之法戴上汉朝武官用的头巾，砍下树枝作为责打人的刑杖，挂在马旁，率领三名骑兵，黄昏时到达邺城。李孚自称为都督，从北国进入围城的曹军大营，顺着标志，向东巡查，一路上不断叱责守围的将士，根据违反军中纪律的轻重，分别给于处罚，经过曹操大营前，巡视到城南，对着邺城正南的章门，李又大声责骂守围的将士，把他们捆绑起来。然后，李孚等吊上城去。审配等看见李孚，悲喜交加，高呼“万岁”！曹军守围将士把李孚骗入城中的情况向曹操作了报告，曹操笑着说：“他不但能进城，还会再出来。”但李孚知道外面围困得会更紧，不能再假冒曹军出城。于是他请审配把城中的老弱放出城去，以便节省粮食。晚上，让挑选出的老弱手持白旗，从三个城门出去向曹军投降，李孚与随行的三个骑兵打扮成投降的人，杂在人群中，乘夜突围而去。

陆抗讨逆

公元 272 年秋，东吴西陵都督步阐投降了西晋。晋武帝司马炎仍命步阐任原职，并加封为宣都公。

东吴大将军陆抗得知步阐叛吴投晋，急派将军左奕、吾彦等率军征讨。晋武帝闻讯后，命荆州刺史杨肇到西陵接应步阐，车骑将军羊祜率步军出江陵（今湖北江陵），巴东监军徐胤率水军出击建平以救应步阐。陆抗命令西陵诸军修筑防范严密的长围，对内用以围困步阐，对外用以防晋援军。昼夜催逼，如临大敌，士卒叫苦不迭。诸将不解，说："现在应该乘三军锐气旺盛，迅速进攻步阐，等晋军救兵赶到时，一定可以攻下西陵，何必修筑防御工事，劳累士兵呢？"陆抗说："这座城非常坚固，粮食又充足，而且所有城防器具，都是当初我在这里督造的，现在要进攻它，一时难以攻下。待晋援兵一到，而我们没有防御工事，就会遭到内外夹击，那么如何抵抗？"诸将仍然认为应该进攻步阐，陆抗为了使大家心服，就同意让诸将去试攻一次，果然失利。这时，防御工事刚刚筑成，羊祜带领五万晋兵就到了江陵。诸将又提出，不应西上西陵，而应保卫江陵。陆抗说："江陵城固兵足，不必担忧。即使敌人攻下江陵，也一定守不住。如果晋军占领了西陵，那么南山众多的夷人（少数民族）就会骚动，后患也就无穷了。

开始，陆抗考虑江陵的北面道路平坦，令江陵都督张咸修筑大堤挡住江水，使水都流往平地以阻止步阐叛军逃跑。晋将羊祜正想利用所阻住的江水行船运粮，但却扬言要破坏大堤以通步军。陆抗听说后，立即令张咸破坏大堤。众将对此反常行动都惶惑不解，多次谏阻，陆抗坚决不听。当羊祜到了当阳时，大堤已经被破坏了，于是不得不改船为车，用车送粮食，占用大量的人力和时间。直到这时，东吴诸将才佩服陆抗的预见性。

这年冬，杨肇率军到达西陵。陆抗命令公安都督孙遵沿江南岸抵抗羊祜，水军都督留虑抵御徐胤，自己率领大军凭借新筑成的长围抗御杨肇。就在两军对阵时，吴军营都督俞赞逃入晋军，形势变得十分严峻。陆抗对众将说："俞赞是我军中的老军官，了解我军虚实。我常常忧虑夷兵训练不严，战斗力不强，如果敌人向我军营进攻，必定以这里为突破口。"于是连夜换防，将夷兵换到别处，又偷梁换柱，调精兵把守原来夷兵的营垒。第二天，杨肇果然来攻原来夷兵驻守的地方。陆抗命令向晋军出击，霎时间矢石如雨，晋军死伤无数。过了一个月，杨肇仍没攻破吴军营垒，无可奈何，只好乘夜逃走了。陆抗想乘势追击，又担心步阐从围内攻击，因此只鸣鼓不出击，摆出要追击的样子。杨肇的军队听到鼓声，害怕被吴军追上丧命，丢盔弃甲，拼命逃走。陆抗见状，派轻骑跟踪追击，大败晋军，羊祜见杨肇兵败，无力再战，只好撤退回去了。

这时，陆抗已无后顾之忧，集中全力向步阐军进攻，很快拿下西陵，捉住步阐和同谋将吏数十人，全部斩首，赦免了其余的胁从者，平定了这场叛乱。

陆抗多方调动敌人，使敌援军主力处处被动。特别是在内部人员叛逃、自己虚实暴露的紧急情况下，采用偷梁换柱，知己知彼的计策当机立断，调整部署，造成敌人主力误选突破口以致受挫而败退，从而解除后顾之忧，终于取得了讨逆的胜利。

假扮敌兵混入敌营

公元618年，农民起义军首领綦公顺占领了北海（今山东潍坊、益都等地）郡城。当时海陵城帅臧君相率领五万人前来争夺郡城。綦公顺因自己人少，闻讯非常恐慌。长史刘兰成为他献计说：“臧君相现在离这里还远，肯定不加防备，请将军急速行军袭击他的军营。”綦公顺接受了他的建议，亲自带领五千骁勇，携带干粮，急速行军进攻臧君相。快要到达时，刘兰成和二十名敢死兵士先行，距臧君相驻地五十里，见到君相手下出外掠夺的人肩挑背扛地向营地走去，刘兰成和他的手下人也背着蔬菜、粮食、炊具冒充抢夺的人，乘机进行侦察，了解了对方的军队番号以及主将的姓名。傍晚，与敌方人员并肩进入营地，背着东西走遍了营地，了解到敌营的虚实以及夜里的暗号。于是在空地点火做饭，至三更时，突然在主将帐幕前拔刀乱砍，杀死一百多人，敌营受到惊扰，一时大乱。这时綦公顺带领的部队赶到，向敌人猛烈进攻，臧君相只身逃跑，他的军队一下就被打垮了。綦公顺杀死和俘虏了几千人，缴获大批物资、粮食、武器、因此大大壮大了自己的队伍。

綦公顺偷敌兵的服装扮成敌兵模样换取详实的情报，从而取得了心智和战争的胜利。

小技定军心

公元 1052 年，广西壮族首领侬智高兴兵造反，反抗宋朝。

侬智高本是文源州（属宋文南西路邕州管辖，治所在今越南高平省文渊）的壮族首领，后来势力逐渐扩大，他起兵反宋后，攻陷了邕州（今南宁），自称“仁惠皇帝”，改年号叫启历。于是他带领大批人马，从邕州沿江而下，席卷广西东部的横、贵、藤、梧等州府，一直打到广东的端州（肇庆市）。

侬智高进而转攻广州，攻了57天没有攻下；于是他挥戈北上，进攻湖南，但在全州又被宋军阻住了。侬智高便率领部队回到了邕州。

侬智高这时自立为皇帝，占领了广西大部分地区，兵力强大，宋朝廷大为震惊。宋仁宗就派大将狄青带兵前往征伐。狄青是从士兵升为将军的一位名将。

狄青率领大军从河南向广西进发，出了桂林以后，一路上山径艰险，行走不便，将士们思想上产生了动摇，对继续前进缺乏信心。狄青看在眼里，心中十分焦急。

这天，狄青突然下令部队全部到一座土地庙门前空阔地上集中。将士们排成了整齐的队伍，却不知狄青葫芦里卖的什么药。

狄青骑在马上，来到队伍面前，脸色十分严肃地对众人说道：

“这次本帅奉皇上圣旨征伐侬智高，大军已经到了桂州，前面离侬智高老巢邕州已经不远了。但是前面山路艰险，战争胜负也难预料，有些人思想上也缺乏信心。我问过这里的百姓，都说这座土地庙的神明很灵，为此，我要当众祷告土地神明，请神灵指示迷津，究竟是前进还是撤退，在神前问他一卦。”

将士们听了，都心中一震，忙问：“不知元帅怎样问卦？”

狄青这时从腰中掏出一袋铜钱，说道：“我这袋铜钱共是一百个，我将它们随便扔在地上，若一百个铜钱全都面朝上，就前进；若有一个铜钱面不朝上，那就班师回朝。”

部将听了，大吃一惊，忙劝道：“自古道：军令如山。皇上命令征伐侬智高，如今已快到他的巢穴了。这一百个铜钱全部面朝天怎么可能呢？若有一个不朝上，元帅怎么办？难道真的班师回朝吗？回朝后元帅又怎样向皇上交代？还是不要问卦，快下令前进吧。”

狄青毫不理睬，说道：“既然土地神十分灵验，他定然不会贻误我的大事。”

众将劝阻无效，只好一个个眼睁睁地望着狄青祷告问卦。只见狄青手捧钱袋，跳下马来，跪在土地神前虔诚地祷告道：

“弟子狄青，奉王命征伐侬智高。今路途艰险，行走不便，求神灵指示迷津，若大军旗开得胜，马到成功，弟子手中这一百个钱全都面朝上；否则弟子就只好班师回朝了。”

狄青说罢，将袋中一百个铜钱一齐朝地上扔去。众将士都屏住呼吸，瞪大眼睛盯着铜钱。铜钱落地，部将们一齐围上去观看。是进是退，就看这一百个铜钱是否都面朝上了。只见他们朝一个个铜钱仔细看去，看完后，部将们脸上都绽出了笑容，抢着向狄青禀报：

“元帅！元帅！真是奇怪！一百个铜钱个个都朝上。”

“真的?”狄青也笑了，“待本帅亲自验看。”

狄青上前一个个看过后，哈哈大笑：“天意！天意！真是天意！我军此去定能旗开得胜，马到成功，一举歼灭侬智高，看来前面路途再险也值得了。快将这些铜钱钉牢，回来再谢神。”

将士们人人喜笑颜开，士气百倍高涨，终于打下了侬智高的巢穴邕州。等到凯旋班师经过土地庙时，众人才知道这一百铜钱上下都是面。

狄青运用偷梁换柱之法博得了高昂的士气和团结一致的军心，从而举得了胜利。

假传圣旨

公元 1259 年，蒙古汗蒙哥在进攻南宋合州（今四川省合州市）时战死于军中。次年 3 月其弟忽必烈在开平（今内蒙多伦西北）登上汗位。蒙古诸王有些人不服，他们同年 4 月在和林（今蒙古境内）推举蒙哥的另一个弟弟阿里不哥为蒙古汗。两汗不能并立，就打起了内战。

忽必烈任命的户部尚书昔班，奉命去河西运粮草。他在返回途中，经过一个军营，发现部队乱哄哄的，就派人了解情况。经询问，才知道是万户阿失铁木耳正在挑选士兵，准备次日去投奔阿里不哥，昔班想，阿失铁木耳是一员战将，手下又有两万精兵，一旦投奔了阿里不哥，对忽必烈将是一个很大的威胁。为了让阿失铁木耳放弃原来的想法，改为投奔忽必烈，他想出了一个“假传圣旨”的计谋。他和随行人员说了自己的想法，大家都不同意，认为忠于忽必烈和忠于阿里不哥的人势不两立，这时去见阿失铁木耳，有被当场杀死的危险。昔班态度很坚决，他说：“我眼看着阿失铁木耳要去投奔阿里不哥而不管，这就像在战场上看见敌人向大汗杀来而袖手旁观一样，是对大汗的不忠。”说完，就让大家扎营休息，他自己单人独骑进了阿失铁木耳的营帐。

昔班一见阿失铁木耳，就假传忽必烈的旨意说：“大汗知道你英勇善战，并且一向对他忠诚，所以特命你立即带领部队，到开平领受任务。”随后又对他进行劝导。阿失铁木耳听后，表示要和部下商议，次日早上答复。然后就让一名千户长送昔班出营，并要他派出百名士兵对昔班的营帐进行监视。

昔班回营后，随从人员都认为凶多吉少，主张设法逃跑以保全性命。昔班分析情况说：“阿失铁木耳今天没有杀我，说且他的决心没有最后下定。因而争取他投奔大汗可能成功；如果我们逃跑，会促使他下决心投奔阿里不哥。再说，我们留下来，即使全部被杀，为大汗而死，也是死得其所。”

正如昔班所料，第二天一早，阿失铁木耳就来向昔班报告：“我们决定听从大汗的旨意，今天就随你出发去开平。”昔班带领阿失铁木耳的部队到达开平后，忽必烈非常高兴，对左右说：“战争中得到一个人也是好的，今天昔班带来两万精兵，真是立了一大功啊!”

明太祖招兵

“真龙天子下凡了！”“你不信？那朱重八就是真龙天子，他处处都有神在保佑着呢！那‘牛犊钻山’、‘天葬双亲’不就是例子吗！”“对，咱也跟朱重八这个真龙天子打天下去！”濠州钟离太平乡周围十里八村的街头巷尾，都在传颂着，议论着……

到濠州参加起义军已经一年多的朱元璋，正在他的乡里招募乡勇参加起义军。怎样才能招得更多人呢？对，人们都信神，我何不借神的力量来招兵呢！于是，“牛犊钻出”、“天葬双亲”的故事便一传十、十传百地传开了。

原来，朱元璋小时候叫朱重八，给地主刘德放牛。一天他和一些放牛娃聚集到南山放牛。这些十二三岁的孩子凑到一起，玩得好不热闹，一会儿玩皇帝上朝，一会儿玩两军打仗。到下半晌，玩累了，也玩饿了，一个叫徐达的孩子说：“肚子饿得太难受了，弄点什么吃吧！”

荒山野岭，哪里有什么吃的？就连野菜也都叫人挖光了。朱重八想，刚才玩皇帝上朝，大伙儿推他当“皇帝”，朝他三拜九叩，口称“万岁”。现在这些“大臣”们饿了，自己这个“皇帝”有责任给大伙儿填饱肚子。于是，他便牵过自己放牧的一头小牛犊来，让周德兴杀了，剥了皮，拾些枯柴燃起火堆，大家用树枝穿着牛肉块放进火里烧。虽然没有油盐酱醋，但吃起来也觉得香美无比。

伏阶称罪

牛肉吃完了，太阳也下山了，大家要回家。可是牛少了一头，地主能不问吗？孩子们都傻眼了。朱重八想出一个主意，他让同伴们把牛皮骨收拾到一起掩埋了，只把根牛尾巴插进山石缝里。回家后，他对地主刘德说：“那小牛钻进山里去了，怎么拉也拉不出来！”刘德不信，跟朱重八到山上来看，当然一看也就明白了，将朱重八狠狠地打了一顿。

现在刘德已死了，拉没拉出来牛尾巴、重八挨没挨打谁知道呢?!元璋通过徐达干脆和大家说成是刘德到了山上，怎么拉也拉不出来，痛得小牛“哞哞”叫呢！这就是“小牛钻山”的故事。

朱重八父母双亡，他和二哥用些草将双亲的尸体裹好，抬着去南山掩埋。谁知抬到黄土岗，绳子断了；接好再抬，又断了。无奈二哥让重八看着尸体，他回村里借绳子。谁知天降大雨，重八到树林避雨。雨停了，二哥也借来了绳子。可哥俩到放尸体的地方一看，土岗滑坡，竟将尸体深深地埋了，索性哥俩跪下分别给“老天爷”和“父母”叩头了事。这就是“天葬双亲”的故事。

朱元璋将这两个大家都知道但又不十分清楚的故事，通过好朋友徐达、周德兴向乡亲们逐个传播，越传越“神”，越传越广。

还真灵，朱元璋巧借神的力量，不几日，就招募了 700 多人参加起义军。后来，又在其他地方用这种方法招募了几万人。

以色列隐蔽调兵

第四次中东战争中，以色列为摆脱被动局面，组织了北线反攻，但因叙军依托有利地形和坚固工事顽强抗击，使以军伤亡惨重，进攻受阻。此时，他们发现埃及在西奈半岛增兵，似有继续东进的征候。于是，他们决定迅速调转兵力，回过头来对付埃及。

以军北线司令官霍菲将军接到命令后，为了隐蔽企图，防止叙军乘虚而入，他一面组织主力部队准备星夜转移，一面重新调整部署，命令守备部队立即占领有利地形，控制要点，摆出长期对峙的架势，并决定利用夜暗，全线出击，发动一次虚张声势的进攻。夜幕降临后，突然炮声隆隆火光闪闪，以色列军队开始行动。然而，这些车辆，坦克和其他重型装备向叙军阵地冲击的并不多，大批的都乘机撤出阵地，成群结队向南方驶去，并于一天之内，穿山越岭，横贯沙漠，行程 600 多公里，及时地赶到了西奈前线。

以色列军队运用偷梁换柱的计策，明为攻叙军，实为对付埃及，从而结束了被动的战局。

偷梁换柱

公元前604年，迈加拉（希腊萨罗尼克斯湾沿岸历史悠久的居民区，分属阿提长和科林斯两个州。现址是原迈加拉古城的卫城）人的船队拐骗了大量的雅典妇女，准备用她们来祭祀刻瑞斯（古罗马所信奉的女神、司掌粮食作物的生长）。当船队抵达埃莱夫西斯（古希腊城市。在雅典以西，原来独立，公元前7世纪被雅典兼并。现为雅典市郊的工业区）时，被雅典将军庇西特拉图截住，他杀死了迈加拉人，缴获了船队，救出了被拐骗的雅典妇女。随后，他又想起了一个打击迈加拉人的计谋。

庇西特拉图将自己的士兵改装成迈加拉人的模样，而让大量的弓箭手伪装成被抓来的妇女，让他们登上那些被俘获的船只，径直朝迈加拉驶去，船队到达港口时，迈加拉人以为他们的船队得胜而归，人们奔走相告，急匆匆赶往港湾去迎接他们。一时人山人海，秩序大乱，男人们又都没有携带兵器。当船靠岸时，迈加拉人正要登船，突然船上万箭齐发，迈加拉人倒下一大片，他们抱头鼠窜，最后只有少数人逃走。当迈加拉人拿着武器再次赶来时，雅典人已乘船而去。

庇西特拉图采用偷梁换柱的计谋击垮了迈加拉人。

英军虚张声势迷惑意军

1940年，意大利依仗着31万大军的优势，向在利比亚仅有3.6万人的英国远征军发动进攻。

英军为摆脱被动局面，虚张声势，巧设迷魂阵。他们用数百个气袋做成假坦克，野炮和载重汽车，并制造了假公路和坦克履带痕迹，一直将其修到西迪巴拉尼以南。同时，还找了成群的阿拉伯人，牵着带拖把的骆驼和马匹，在公路上掀起漫天尘埃。从高空看去，就像是一支正在开进的庞大机械化部队。意军高空拍摄的照片，竟呈现出这样的部署：在意军右翼，英军集结了大量“坦克”、“火炮”，同时又听说英军增援部队正在开进途中，为了避免英军从侧翼的攻击，意军停止了进攻，沿着亚历山大公路，掘壕据守，转入防御。英军利用意大利军转入防御的机会，迅速调整了部署，得到了增援。虽然兵力仍处于劣势，但他们利用意军恐慌，迟疑的心理状态，大胆地发起了反攻。在英军的打击下，意军开始溃退，从1940年12月到翌年2月，英军向前推进了650英里，并缴获了400辆坦克、1200门大炮，俘虏了18万意军后。英军运用“偷梁换柱”取得了战役的胜利。

换了标记的新设备

1941 年 7 月，英国皇家空军将一种代号为 GEE 的新式无线电导航设备安装在惠灵顿轰炸机上进行小批量实战试用。8 月 12 日，两架装有 GEE 的飞机袭击汉诺威之后，就有一架没有返航。为了保住这个秘密，皇家空军负责电子战领导工作的琼斯利用德国人自认为无线电技术领先英国的自负心理，想出了一个偷梁换柱，把德国人引入迷途的绝妙办法。

他们把 GEE 设备上可能对敌人情报机关有用的标记全部拆去，换上“丁”标记。与此同时，又在英格兰东部建立起三个频率约为 30 兆赫的大功率洛伦茨波束发射机，向德国上空发射波束，皇家空军轰炸机上能用自己的盲目进场接收机收到这些信号。为了使假象逼真，当轰炸机返航时，鼓励飞行员把“丁”装置当作一种老式导航设备来使用。所有这些做法，无非是要使德国人相信，这种“丁”装置，只不过是德国早已用过的具有两个洛伦茨波束的“拐腿”导航系统的翻版而已。琼斯希望，这种对“拐腿”系统依葫芦画瓢的“抄袭”会使德国人洋洋得意。

1942 年 3 月间，当皇家空军正式使用 GEE 于实战后不久，就有一台 GEE 被德国人在坠毁的飞机残骸中缴获了。

果然不出琼斯所料，主管处理缴获敌空军装备的德国情报官谢威克同其他情报人员研究分析后得出的结论是：英国人使用的这种导航设备，完全是“拐腿”的仿制品，虽有可能作了某些改进，但其准确性远达不到发现点状目标的程度。琼斯的骗局成功了，德国人没有觉察出任何东西。

在德国很多目标遭到英军准确轰炸之后，他们不意识到 GEE 是多么的重要。直到 1942 年 7 月底，他们才清楚贴着“丁”标记的装置与“拐腿”根本不同，但这时德国已受到很大的损失。

马克·吐温的道歉

美国著名作家马克·吐温在一次答记者问中说了这样一句话：“美国国会中的有些议员是狗婊子养的。”记者将马克·吐温此言公诸报端，这一下子可捅了马蜂窝。华盛顿的议员们极为愤怒，纷纷要求马克·吐温澄清或者道歉，否则将诉诸法庭，与马克·吐温对簿公堂。

马克·吐温一辈子吃够了法律之苦，就答应登报道歉，几天后，《纽约时报》上刊登了马克·吐温向国会联邦议员道歉的声明，全文如下：

“日前鄙人在酒席上发言，说有些国会议员是狗婊子养的。事后有人向我兴师问罪，我再三考虑，觉得此言是不妥当，而且也不符合事实。故特登报声明，把我的话修改如下：美国国会中有些议员不是狗婊子养的。”

此声明一登出，尽管那些兴师问罪的人觉得大作家马克·吐温的“认罪”态度相当‘糟’，但也无计可施。这里，马克·吐温用偷梁换柱之法，以“有些议员不是狗婊子养的”来代替“有些议员是狗婊子养的”，并没有否定其原来的意思，又使那些无聊政客们无言以对。

石头是怎样变成金子的

任何一个概念，都有特定的内涵与外延，不可随意变动。但是在某种特定的情景、场合下如果巧妙地解释某一概念，或者引出新的意思，赋与新的内容，或者加以适当的限制，来达到某种目的，这便是偷梁换柱的一种技巧。广告工作者常常以此法做广告引起消费者的注意。

美国药剂师彭伯顿1886年5月8日在亚特兰大的“雅各药局”推出可口可乐至今已经一百多年了。通过长达一个世纪的精心经营，这种饮料已经风靡世界各地，创造了年销近百亿美元的良好业绩。

为什么能够收到良好的效果呢？这是与该公司的广告宣传分不开的。可口可乐公司广告的覆盖面现已达150多个国家和地区，每年广告费用以亿位美元计算。可口可乐不断更换广告口号的概念，能够结合每个时期的市场特点和营销需要推陈出新，以适应消费者的心理需求。

近三十年来，可口可乐的广告口号就已经更换了五次之多。1960年该公司鉴于“可乐”类型的饮料竞争激烈，为了显示出自己是正宗名牌，把广告口号定为“只有可口可乐，才是真正可乐。1970年已巩固了自己的市场地位，转而需要增加消费者的好感，故将口号的概念又转换成“心旷神怡，万事如意，请喝可口可乐。”到了八十年代初期，又把口号的概念更换为“微笑的可口可乐。”过了六年加以更新为“就是可口可乐”。该公司最近又转换出新的口号：You Can’t Beat the Feelihg，意译为“如此感觉无与伦比”。它更能适应当今多样化，个性化的消费需要。

有门相通的两家对头

美国的服装商德鲁比克兄弟二人开了一家服装店，他们的服务十分热情。每天，哥哥都站在服装店的门口，向行人推销。但是，这兄弟二人都有些“聋”，经常听错话。

经常是，两兄弟中的一个，热情地把顾客拉到店中，反复介绍某件衣服是如何地物美价廉，穿上后又是如何地得体和漂亮。经过这样劝说一番之后，顾客总会无可奈何地说：“这衣服多少钱？”

“耳聋”的大德鲁比克先生把手放在耳朵上问道：“你说什么？”

顾客又高声问一遍：“这衣服多少钱？”

“噢，你问多少钱呀，等我问一下老板。十分抱歉，我的耳朵不好。”他转过身去向那边的弟弟大声喊道：“喂，这套全毛的衣服卖多少钱？”

小德鲁比克站起身来，看了顾客一眼，又看了看服装，然后说：“那套嘛，72 美元。”

“多少？”

“72 美元。”老板高喊道。

他回过身来，微笑着向顾客说：“先生，42 美元一套。”

顾客一听，随即赶紧掏钱买下了这套便宜的衣服，溜之大吉。

其实，德鲁比克兄弟两人的耳朵一点也不聋，而是借“聋”给想占小便宜的人造成一种错觉来促销。事实上，这两兄弟采用此种方法经营得非常成功，赚了不少钱，供着他们的三个孩子上大学。

还有一个类似的实例同样发生在美国。

在美国西部的某城，有两家专卖廉价商品的商店，一家名叫美国廉价商店，而另一家则称纽约廉价商店。这两家的店面相邻，

张翼德义释严颜

但店主却是死对头。长期以来，一直就各自商店的销售进行着激烈的“战斗”。

一天，纽约廉价商店的橱窗中挂出一幅广告，上书：出售亚麻布被单，瑕微疵小，价格低廉，每床售价6.50美元。

居民们看到这则消息，纷纷奔走相告，趋之若鹜。但同往常一样，没过多久，隔壁美国廉价商店的橱窗里赫然出现了这样一则广告：我店的被单与隔壁的相比，犹如罗密欧与朱利叶的亲密关系一样，注意价格：每床5.95美元。

这样一来，拥向纽约廉价商店的人们看到隔壁卖的比这里更便宜，马上放弃了这里的交易，转而拥向另一家美国廉价商店，一齐挤进店内，只消片刻，被单就被蜂拥而至的人们抢买一空。

像这样的竞争在这两家商店之间可以说从未间断过。忽而东风压倒西风，忽而西风压倒东风，无尽无休。而当地的居民也总在盼望他们之间的竞争。因为他们的竞争会给人们带来好运气，可以用很少的钱就买到十分“便宜”的商品。

除了利用广告相互压价竞争外，两家商店的老板还常常站在各自的商店门口，相互指责、对骂，甚至拳脚相加，场面十分激烈，但最终总有一方败下阵来，才能停止这场残酷的“战斗”。这时等待已久的市民们则好比在比赛场上听到起跑令一般拥向胜利一方的商店，将店内的商品一抢而空，不论能买到什么样的商品，他们都感到很惬意。

就这样，两家商店的矛盾在当地最为著名、最为紧张，也最为持久。而附近的居民却从中获得了巨大的利益，买到了各种物美价廉的商品。他们总在盼望着两家商店的“战斗”再起，好使自己从中获益。这已经成了他们生活中不可缺少的一部分。

一晃，几十年过去了，两家商店的主人也老了。突然有一天，美国廉价商店的老板失踪了，铺面上了锁。大家再也看不到他们相互竞争的精彩场面了，感到很茫然，心里好像缺点什么。每一天，都在盼望出现奇迹：铺面又开张了，两家店主人开始“战斗”，但奇迹没有出现。

过了一段时间，纽约廉价商店的老板也将自己的商店拍卖了，随后也搬走了。从此，附近的居民再也没有见到过这两个带给他们刺激和利益的怪人。

终于有一天，商店的新主人前来清理财产时，发现了一桩令人费解的事情：两家商店间有一条秘密通道相连；在楼上，还有一道门连接两家老板的卧室。

这是怎么回事？大家都有些惊讶，猜不透昔日

“仇敌”的卧室为什么会相通。

经过调查得出了一个让人哗然的结果：这两个死敌，原来竟是一对亲兄弟，他们平时的咒骂、威胁、互相攻击，都是人为地扮演的。所有的“战斗”都是骗局。因为在他们两个人的“战斗”中，不论哪一方胜利了，只不过是由胜利一方把失败一方的货物一齐卖掉罢了。

几十年来，他们偷梁换柱利用了人们的求廉心理，通过不间断的“战斗”，蒙蔽了当地的消费者。

巧破窃银案

古时候，一位客人在某旅店过夜时丢了 50 两银子。当天晚上，客人独自一室，又没有外出过，因此客人怀疑是店老板偷走了银子，店老板矢口否认，客人便向县衙告了一状。

县令在传讯店老板后，也怀疑银子确系店老板所窃，但苦于没有人证、物证，不能定案。县令为官多年，颇有办案经验，经过一番思索，县令想出一条妙计来。县令把店老板唤到面前，用毛笔在店老板手心上写下一个“赢”字，对店老板说：“你到门口台阶下去晒太阳吧！如果时间长了，这个字还在，你的官司就打赢了。”店老板不知县令的葫芦里卖的是什么药，只好到台阶下去晒太阳。

县令把店老板支走后，找来一名精悍的差役，让他如此如此行事。差役奉命赶到旅店，对老板娘说：“你家主人已承认偷了客人的银子，快把银子交出来吧！”老板娘生性狡猾，一口回绝道：“我不知道什么银子！”差役无奈，只好把老板娘带回公堂。

老板娘进入公堂前，见丈夫坐在台阶下面，心中感到奇怪，但又不敢问。进入公堂后，县令问道：“你家主人已承认偷了客人的银子，你为何还不交出来？”老板娘还是一口回绝道：“我不知道什么银子。”县令突然向公堂外大声喝问道：“店老板，你的‘赢’字还在不在？”

店老板在台阶下唯恐输了官司，连忙回答：“在！在！”

在那个地方，“赢字”与“银子”的读音极其相似，老板娘做贼心虚，一听丈夫承认“银子”还在，连忙跪在地上认罪。

县令当即派差役随老板娘回旅店取出赃银。店老板见状，面如死灰，磕头如捣蒜。县令用偷梁换柱的计策，利用谐音成功的破了案。

借钱

从前有几个穷汉向财主借债，他们对财主说：

“请您答应借我 1000 金币给我们的一个朋友，我们愿为他担保；第二，请你答应，让他一年以后归还。”

财主回答道：

“朋友们，如果人家提出要求，而某人答应一半，那也就不算吝啬了吧。”

“那当然。”

穷汉们异口同声地回答。

“既然这样，那么，我就答应一半吧。我同意答应你们第二个要求。出于对各位的尊敬，我甚至愿意把借期延长到两年。但是请向别人借吧。”

这里财主所答应的“一半”，照理应是“1000 金币”的一半，即 500 金币；但他却解释为只答应两个条件中的一个，而且是后一个，其实是一毛不拔。

财主这一伎俩，逻辑上叫做偷换概念，即在同一思维过程中先用一个词语表示某个概念，后来又用这个词语表示另外一个概念。他的偷换只不过是不想借钱罢了。

面包换啤酒

天气十分炎热。一个旅行者经过长途跋涉来到一家小食品店门前。这时他又饿又渴……

“老板！请问夹肉面包多少钱一份？”

“5先令一份，先生！”

“请给我拿两份，我饿极了。”

老板从柜台里拿了两份夹肉面包送给了旅行者。

“请问黑啤酒多少钱一瓶？”

“十先令一瓶，先生！”

“现在我感到渴比饿还厉害，我想用这两份夹肉面包换一瓶黑啤酒，可以吗？老板！”

“当然！请稍等，先生！”老板很快的收回了面包，拿出了一瓶黑啤酒递给旅行者。旅行者一饮而尽，然后背起背包就要登程。

“对不起，先生，请慢一点走，你还没付啤酒钱。”

“是的！可我是用夹肉面包换的啤酒，并且是经过你同意的。”

“可是面包钱你也没付啊！先生。”

“我没吃你的面包，为什么要我付面包钱啊！”

老板竟一时不知道怎样回答，听任旅行者扬长而去。

亲爱的读者，你将如何对付这样的诡辩？

旅行者在这里是用了偷换概念的手法进行诡辩的。他把“买了但未付钱的面包”偷换成了“已付了钱的面包。”

对于这位旅行者，应作这样的回答：

“是的！先生！面包你是没有吃，可你却用它当作已付了钱的面包换了你急需的啤酒喝了。实际上你没付面包钱，现在请你交出10先令，否则不能走。”

约会

世界著名歌剧《费加罗的婚礼》中有一则精彩的片段，当作谋略故事来读也颇有启发。

费加罗准备和伯爵夫人的使女苏珊娜结婚。伯爵曾宣布放弃贵族在农奴结婚时对新娘的初夜权。现在他又想在苏珊娜身上恢复这个可耻的权利。于是他百般讨好苏珊娜，并为她准备了丰厚的嫁妆。

苏珊娜十分为难，她把消息告诉了伯爵夫人，夫人也很伤心。正巧伯爵想同苏珊娜在花园幽会，伯爵夫人眉头一皱，计上心来，她经过巧妙安排，决定让“苏珊娜”去赴伯爵的约会，然后当场给他一个难堪。

这天晚上，天色昏暗，“苏珊娜”来到小树林和伯爵见面。伯爵十分高兴，一面甜言蜜语和“苏珊娜”调情，一面许诺给她很多好处，然后又送给她一个戒指以表示爱情。

孔明定计捉张任

过了不久，费加罗突然来到这里，伯爵急忙躲进矮树丛。这时几个仆人也手拿着火把走了过来。火把下，伯爵看清了，原来和自己约会的不是苏珊娜，而是乔装打扮过的自己的夫人。他知道自己中了圈套，便主动出来，请求夫人原谅。夫人原谅了他，他也只得放弃了自己无理的要求。

伯爵夫人利用伯爵想幽会的急切心情，料到在黑夜里不会对来人仔细辨认，于是就偷梁换柱穿起苏珊娜的衣服，自己去赴约会。等伯爵不打自招地说出自己的想法，她又请仆人来到现场作见证人。伯爵这时已无话可说，只得听从夫人的劝告，从而达到了保护苏珊娜又抓住伯爵把柄的目的。

智取工钱

很早以前，朝鲜有个名叫高强宝的地主，他田地广置，长工成群，但为人特别吝啬。每到年关，总要想方设法克扣长工的工钱。

一天，高强宝找到有名的大力士长锁，想雇他当三年的长工。长锁要他说好工钱，高强宝当即许诺："我给你每天四个人——不，八个人的工钱吧！三年后，你可以用这些钱买三垧地、十袋米，还能盖间草屋……。"长锁不信，地主便信誓旦旦地保证道："我是从来不说假话的。如果真失信了，你就把我的家财全部背走，供你支使吧！"高强宝心想，虽说你力大无比，但怎能背得走我整个家？

就这样，长锁当了高强宝的长工。他像一条黄牛似的早出晚归，没命地干活儿。

一晃眼，三年的工夫很快就要过去了。在期满的那一天，长锁一大早就请来左邻右舍的长者，当着大伙儿的面向高强宝要工钱。地主见此情景心里着了慌，但仍故作镇静地说道："要工钱？好说好说。但不知你还答应干几年？这样吧，你还是留在我家，我给你娶个美貌的妻子，再给你盖房……"长锁根本不理会他的花言巧语，地主老羞成怒，吼道："你这个忘恩负义的家伙，趁早给我滚蛋！你不是想要田地吗？好，我给你三垧石头地。你想要房子吗？去后山砍五十棵树，一根也不许你多拿。你还要十麻袋的米吧？对不起，你在我家三年期间吃了十二麻袋，你还欠我两袋米呢！"眼看地主想用偷梁换柱计赖帐，长锁不禁火冒三丈，质问道："喂，老爷！在你的狗眼里，难道石头滩便是良田，几十根木头就是房子吗？十袋米原先说好是工钱，怎么是我吃了？别罗嗦，快拿工钱来，要不然我自己背去，你别后悔！"

高强宝有恃无恐，大声嚷嚷道："你背呀！你倒是去背呀！"

长锁瞅着地主的两个小儿子和小老婆在边上看热闹，便一声不吭地走过去，一把抓住地主的两个儿子，拿绳子绑住；又抓住正在发愣的地主小老婆和女儿，把四个人一块儿捆在事先准备好的背架上，"嘿"地一声背了起来，说道："老爷你瞧着，这些就算是我三年的工钱吧！不过，拿他们去也没有什么用，背到悬崖上扔下这些玩意儿，就权当我白干了三年的活儿。"

背架上的四个宝贝哭爹叫娘，连喊救命，在场的人没有一个出来劝阻的，都乐得看个热闹。高强宝见状叫苦不迭，只得慌忙跑进屋里拿出钱柜，付给了长锁三年的工钱。

地主原以方长锁背不走他的家，许下诺言作为毁约的代价。没想到，长锁背的正是他真正的“家”，只好认栽了。

寒山钟

唐张继写有一首《枫桥夜泊》诗，其中有这样两句：“姑苏城外寒山寺，夜半钟声到客船。”寒山寺在今苏州市西三公里的枫镇旁边，始建于梁代，原名妙利普明塔院，由于唐代的高僧寒山、拾得二人在此修行，后易名寒山寺。

寺内有两个大钟，一在钟楼，一在大殿，悬在钟楼的，原是明代铸造的，后失去，到了清代才重铸，保存至今。悬在大殿的，是唐代的古钟。这寺虽然历代修建，但唐代的古钟仍一直加以保存。直到明代崇祯时，有两个日本游僧到此，知道了此钟的来历，便把此钟偷走了，运回了日本；寒山便失去了这个价值连城的古钟。

到了清代，康有为有一次去寒山寺，知道古钟被盗，十分愤慨，曾写过一首诗，其中有“钟声已渡海云东，冷尽寒山古寺风”之句，此诗现在仍刻在石碑上。后来康有为到了日本，知道这被偷的古钟藏在日本皇宫内，便向当时炙手可热的日本首相伊滕博文追索，谁知伊滕博文竟要起无赖来，说这钟已丢失了，只答允重铸一个赔偿，康有为无可奈何，只好把这个日本钟带回寒山寺，现在寒山寺的大殿上悬挂的就是这个。这不也是一个“偷梁换柱”的典型事例吗？

用新的话题转移人们的注意力

一个人在社交活动中，常常会因为某种原因而陷入难堪的局面。如果大家这时把注意力都集中到他身上，他会更加忐忑不安。这时为了帮助他摆脱窘境，就不妨用偷梁换柱之策，在旁边若无其事地转移话题，并且尽量采用人人都关心的话题，以此来分散人们的注意力，减轻当事人的心理压力。

有一次开会时，大家都在端庄地坐着，小姐没留神放了个响屁，引起全场轰然大笑。小姐很难为情，羞得满脸通红。这时机智的老张马上出来替小姐解围，他说：“你们先别笑，听完我这个好消息，你们才真正要高兴得跳起来。”于是许多人便七嘴八舌地打问：“什么好消息？”“我从权威人士那里获悉，政府准备给我们每个干部职工晋升一级工资，而且文件已经下达。”这消息使全场激动不已，小姐也从窘境中解脱出来，忍不住打听自己能不能长工资。

再如家中来客人，当其中的一位不小心把茶杯打破时，他一定很不好意思。为了让客人心里坦然，你不妨换上一杯新茶，并说些诸如“岁岁平安”，“辞旧迎新”，“破旧立新”的话，客人也就不至于难为情了。

临变不惊巧簧舌

明建文元年（公元 1399 年）七月七日，北京的燕王府正在开着起兵造反的誓师大会。将士们聚集在一起，听燕王朱棣慷慨陈辞：“《祖训》云：‘朝无正臣，内有奸恶，必训兵讨之，以清君侧之恶’我等与奸邪不共戴天，必奉行天讨，以安社稷！……”

天色骤然阴暗下来，刹时间乌云密布，咫尺之间人们不能相视。忽然，狂风急雨自天而降，燕王府宫殿檐瓦竟有一些被掀落到地上。

面对着这“不祥之兆”，将士们惊呆了，你看看我，我看你，一片惊恐之状。

朱棣更加不安：不好，军心要动摇！昨日已杀了朝廷命官多人，现在只有孤注一掷了，然而，怎样稳定军心呢？足智多谋的朱棣想着想着，心生一计，于是他与身旁的道衍和尚耳语了几句话。

道衍和尚是朱棣起兵造反的主要谋士，在军中有威信。于是他借彼时之柱换人心之梁，只见他登高大笑而呼："今天真是吉祥之兆啊！飞龙在天，从以风雨；殿瓦堕落，预示着殿下您将易黄瓦了！"

明朝制度规定，王府宫殿只准覆以绿瓦，只有皇帝宫殿才可使用黄瓦。经过这一巧妙的解释，使大家普遍认为的凶兆却变成朱棣起兵的吉兆。其实，处暑前后，天气向来多变，风雨突来是常有之事，哪里有什么吉凶之理。可在当时，人们普遍迷信。朱棣和道衍利用人们的这一特点，巧妙地利用风云突变这一自然现象，还真起到了稳定军心的作用。

一会儿，风雨停息，东方天空中的阴云渐渐散开，太阳从云隙间透射出万道金光。将士们心头的疑云也散开了。他们仰望天空中的太阳，脸上露出了欣喜而惊异的微笑。

已过不惑之年的朱棣也已经平静下来了。他心中十分清楚，即使今后等待着他的是更加险恶的风雨，他也必须迎头前去。因为对于他来说，只要迈出今天这第一步，便不存在任何退路了。

计斩冯弧

下级为了保住官位，大多对上级唯命是从。但对奸恶的上级，常常必须使用偷梁换柱之计来对付。

宋初，永新县（今江西永新）有一个大恶霸叫冯弧。他倚仗舅父是朝中的吏部侍郎，无恶不作，横行乡里。谁都不敢触动他。有一次，他与人下棋，输了，就用铁器把人砸死。永新县当时的县令姓魏，他当即捉拿了这个恶霸，写了判处他的案卷，上报京城。谁知吏部侍郎干预此案，上面批下来的是“此案不实，另议”。同时，吏部侍郎还亲自给魏县令写信，说明冯弧是他的外甥，请他从轻发落，事成后保荐他升官。魏县令看后非常气愤，又把案卷报上去。可是，过了几天，仍给退了回来。

魏县令见此情况，不能不采用计谋行事。于是，他过了些日子，又上报了一个案卷。这次的案卷上写着：“杀人犯马瓜，无故杀人，应斩首示众，特报请审批。很快上面就批复同意。魏县令接到批文以后，在“马”旁边加上两点，又在“瓜”旁加一“弓”字，“马瓜”立刻变成了“冯弧”。就这样，罪大恶极的冯弧被魏县令用偷梁换柱之计斩首示众了，大快人心。

晋军易帅旗、披虎皮之谋略

“偷梁换柱”的计谋，也可以作为对敌斗争的计谋。它用调动敌人的谋略，以佯动诱使敌人频繁变更阵形，把敌人的主力调开，然后攻其弱点。

春秋时期，晋、楚为了争夺中原霸权，曾发生过城濮之战。战前楚军以咄咄逼人的态势首先向晋军求战，晋文公见楚军逼近，就下令军队后撤三舍之地，即后退 90 里（古时 30 里为一舍），在其盟国卫国的城濮（今山东范县临濮集）驻扎下来。楚军不知晋军这是为了示弱诱敌而采取的战略性后撤，反而认为晋军畏敌，更加求战心切，一直追到城濮，形成两国军队左中右三军对阵的局面。古代中军是主力，由主帅亲自指挥。战斗开始，晋下军在左，把驾车的马蒙上虎皮，首先向由陈、蔡联军组成的战斗力最弱的楚右军攻击，一举把它们击溃。与此同时，晋上军中竖起两面指挥大旗，冒充中军，佯示主将后撤，晋下军则在阵后把树枝拖在车后，扬起满天尘土，伪装溃逃；而晋的中军却隐蔽了起来。这时，楚军主帅子玉还不知道右军已被击垮，以为晋军惧楚而要逃跑，又把晋上军误认为中军，命令楚左军向晋上军发起追击，以致造成楚左军孤军深入、中军两翼暴露。晋军元帅先轸见楚军中计，指挥中军精锐拦腰杀过去，上军也立即杀个回马枪，前后夹击，把楚左军大部歼灭。子玉见左、右两军都被打垮，不得不急忙退出战场。此战双方兵力部署方法，都是以正兵当敌，而晋军自己“偷梁换柱”，以偏师冒充主力并使上下两军佯示后撤，调动了楚军，使之举措不当而失败。

第二十六计　指桑骂槐

【原文】

大凌[1]小者，警[2]以诱之。刚中而应，行险而顺[3]。

【注释】

①凌：这里是驾御、统领的意思。

②警：警告。

③刚中而应，行险而顺：语出《易·师》卦："彖曰：……刚中而应，行险而顺，以此毒天下，而民从之。"毒，治理。这句话的意思是态度威严强硬而又善于顺应人情，行为阴险欺诈而又表现得顺当合理，以此役使治理天下，老百姓就会服从。

【译文】

强大的慑服弱小的，须用警戒的方法加以诱导。适当强硬的言行，可以获得拥护；严厉果敢的措施，可以令人顺服。

【按】 率数①未服者以对敌，若策②之不行，而利诱之又反启③其疑，于是故为自误，责他人之失，以暗警之。警之者，反诱之也。此盖以刚险④驱之也。或曰：此遣将法也。

【注释】

①数：连续多次。

②策：本义是马鞭子，引申为以鞭子赶马，又引申为统率，指挥。

③启：引起。

④刚险：即“刚中而应，行险而顺”的缩略。

【译文】

统率一向不服从命令的军队去对敌作战，如果你调遣它，它不会执行你的命令；如果你用金钱收买它，反而会引起它的怀疑。在这种情况下，你可以故意制造误会，责备别人发生的过错，借以暗示警告不服从命令的人。所谓的警告，就是从另一角度来诱导它，这大概就是使用强硬而果断的手段迫使别人服从的方法，亦有人说，这是调兵遣将的方法。

【计名探源】

指桑骂槐。此计的比喻意义应从两方面理解。一是要运用各种政治和外交谋略，“指桑”而“骂槐”，施加压力配合军事行动。对于弱小的对手，可以用警告和利诱的方法，不战而胜。对于比较强大的对手也可以旁敲侧击威慑他。春秋时期，齐相管仲为了降服鲁国和宋国就是运用此计。他先攻下弱小的遂国，鲁国畏惧，立即谢罪求和，宋见齐鲁联盟，也只得认输求和。管仲“敲山震虎”，不用大的损失就使鲁、宋两国臣服。

另外，作为部队的指挥官，必须做到令行禁止，法令严明。否则，指挥不灵，令出不行，士兵一盘散沙，怎能打仗！所以，历代名将都特别注意军纪严明。管理部队，刚柔相济，关心和爱护士兵，但决不能有令不从，有禁不止。所以，有时采用“杀鸡儆猴”的方法，抓住个别坏典型，从严处理，就可以震慑全军将士。春秋时期，齐景公任命穰苴为将，带兵攻打晋、燕联军，又派宠臣庄贾作监军。穰苴与庄贾约定，第二天中午在营门集合。第二天，穰苴早早到了营中，命令装好作为计时器的标杆和滴漏盘。约定时间一到，穰苴就到军营宣布军令，整顿部队。可是庄贾迟迟不到，穰苴几次派人催促，直到黄昏时分，庄贾才带着醉容到达营门。穰苴问他为何不按时到军营来，庄贾只说什么亲戚朋友都来为我设宴饯行，我总得应酬应酬吧？所以来得迟了。穰苴非常气愤，斥责他身为国家大臣，负有监军重任，却只恋自己的小家，不以国家大事为重。庄贾以为这是区区小事，仗着自己是国王的宠臣亲信，对穰苴的话，不以为然。穰苴当着全军将士，命令叫来军法官，问："无故误了时间，按照军法应当如何处理？"军法官答道："该斩！"穰苴即命拿下庄贾。庄贾吓得浑身发抖，他的随从连忙飞马进宫，向齐景公报告情况，请求景公派人救命。在景公派的使者没有赶到之前，穰苴即令将庄贾斩首示众。全军将士，看到主将敢杀违犯军令的大臣，个个吓得发抖，谁还再敢不遵将令。这时，景公派来的使臣飞马闯入军营，拿景公的命令叫穰苴

三十六读之指桑骂槐

放了庄贾。穰苴沉着地应道："将在外，君命有所不受。"他见来使骄狂，便又叫来军法官，问道："乱在军营跑马，按军法应当如何处理？"军法官答道："该斩。"来使吓得面如土色。穰苴不慌不忙地说道："君王派来的使者，可以不杀。"于是下令杀了他的随从和三驾车的左马，砍断马车左边的木柱。然后让倒霉的使者回去报告。穰苴军纪严明，军队战斗力旺盛，果然打了不少胜仗。

【评语】

"指桑骂槐"又作"指狗骂鸡"。比喻表面上骂这个人，实际上是在骂那个人。《兵法圆机·励》："励士原不一法，而予谓：名加则刚勇者奋，利诱则毅者奋。迫之以势，陷之以危，诡之以术则柔弱者亦奋。"《红楼梦》第六十九回："除了平儿，众丫头媳妇无不言三语四，指桑骂槐，暗相讥刺。"此计用于军事上是指：运用"杀鸡儆猴"、"敲山震虎"等警示性的手段，以达到树立威严和统领部下的计谋。

古人认为，统领一向不听从调遣的部队对敌作战，如果有令不止，而用金钱去拉拢反而引起怀疑。这时，可以故意制造事端，责罚他的过错，借以暗中示警。所谓警告，是从另一方面使之折服，这便是使用强硬而凶险的手段慑服部属的方法。所以，也是调兵遣将的一种法术。

【战例】

问鼎中原

春秋五霸之一的齐桓公任用管仲为宰相，治国有方，国富兵强，正想问鼎中原。这时，楚成王杀了淫乱宫女的令尹子元，新任命了斗谷于菟为令尹。斗谷于菟字子文，文武双全，执法严明，并能以身作则，又善于用人，深受楚国人的爱戴。他精心治理国家，改革弊政，首先提出：凡受封者要以半数采邑归还国家，不致使朝臣势力强大而削弱君权。并立即从他自家做起，其余的人不敢不遵守。他又将国都从丹阳（今湖北秭归）迁郢（今湖北江陵），因为郢地可以北控长江、汉水地区，南指湘江流域，是古代兵家必争之地。子文提倡练兵习武，注意选拔人才，以屈完为大夫，以斗章统率军旅，楚国日渐强盛。

楚国的强盛对齐国想称霸中原，当然是个威胁。于是，在公元前 681 年 3 月，齐桓公借周天子的名义，邀宋、鲁、陈、蔡、卫、郑、曹、邾（春秋邾国，战国时改为邹）八国会盟于北杏（在今山东东阿县境），想定盟称霸，并以此威慑楚国。但仅有宋桓公御说、陈宣公杵臼、邾子克（邾国是子国，名克）、蔡哀侯献舞来会盟。会盟时，齐桓公约定共同出兵伐不尊王命、不来会盟的鲁国。宋桓公不同意，不辞而别。齐桓公又主张先伐宋，管仲建议："宋远而鲁近，且王命会盟，鲁抗命不到，不先伐鲁，何以服宋。"因而准备伐鲁。管仲又建议用计慑服鲁国而免动干戈。齐桓公问计，管仲说："济水东北有一遂国，是鲁国之附庸国，国小且弱，可一举而下。齐攻入遂城（今山东肥城南），鲁国必然害怕，鲁惧必来求我会盟，我可以因此而答应它。宋国见鲁国与我定盟，鲁已服齐，宋亦必然惧我。这就是攻伐一个遂国，而可制服两国矣！此为'指桑骂槐'的计谋。"齐桓公听管仲说出此计，竟能制服两国，连连称善，就按计而行。

很快，遂国陷落，鲁君害怕，果然遣人送书请求到齐国境内会盟，于是盟于柯（今山东东阿县西南）。会盟后，齐桓公将原来侵占鲁国的汶阳田，退还鲁国，四方诸侯都认为齐国很讲信义。

公元前680年，齐桓公准备伐宋，卫、曹二国为齐国的威力所慑，自动请盟，卫、曹出兵助齐伐宋。时齐桓公于路途中收得谋士戚宁，拜为大夫，戚宁愿以三寸之舌说服宋桓公与齐会盟。戚宁到宋晓以利害关系，宋桓公果然派遣使者随戚宁到齐军中请和。

继而，齐桓公又帮助郑厉公子突复国，于是齐国深受他国的尊敬。公元前679年。齐大会诸侯于幽（今北京城西南），参加会盟的有：宋、鲁、陈、卫、郑、许诸国，齐的霸业初步奠定。

这时，齐国称霸的主要对手就是楚国了。因而齐桓公与管仲再次商议争霸中原的对策。桓公想以“方伯”（即一方之长）的名义，号召诸侯起兵，共同伐楚。管仲说：“楚为南方大国，江汉一带以至南海，为它所有。因能励精图治，所以国富民安，僭号称王。周天子尚不能控制，如用诸侯的军队讨伐他，不是良谋。今天许多小国刚刚慑服于齐国，应当广积威德，不可动辄兴兵，使诸侯不为我用。等待楚国内乱，再借故讨伐，方为上策。”

齐桓公一心想以军威提高霸主的地位，只是见管仲提出的意见有理，方才作罢。沉思良久，才又生一念：不如先讨伐齐国西南方的鄣国（在今山东平阴，一说在今山东诸城）为宜。鄣国为姜太公的支孙，齐国亦是姜太公的后代，故管仲说：“鄣是小国，且又是太公的子孙，灭同姓，是为不义。”管仲想了一会又说：“鄣国与纪国毗邻，鄣是纪的附庸国。纪国在齐襄公时，已被攻灭，今可派王子成父率大军巡视纪城，表示将要加兵于鄣国的样子，鄣必畏惧而来降齐。是无灭亲之名，而有得地之实矣！”齐桓公闻之大喜，又按计行事。

纪国与齐国九世有仇，两国交兵，由来已久。这次齐桓公因欲扩张土地，即命王子成父率三百乘战车，向纪城开进，目的在于：大军巡视纪国，降服鄣国。在纪城时，王子成父扬言：“今我桓公多次与诸侯会盟，周天子对他尚且畏惧三分，言无不从。有些小国，还是一个同姓之国，处在齐的眼皮底下，竟敢目无桓公，如再不醒悟，大军到境，将要被踏成齑粉。”鄣国国君闻此言，忙召大臣商议对策：“今齐将王子成父，兵巡纪城，扬言灭鄣，如之奈何?!”众大臣都是只顾家小，不管国亡的小人，就众口同声说道：“齐桓公创建霸业，中原大国尚且岁岁朝贡，我鄣国小城，若与它抗争，无异鸡蛋碰石头，不如请降，尚可保存宗庙，否则国灭人亡，望主公决策。”鄣侯无奈，只好叫人将国中地图绘就，土地、人口清册整理，一并送给桓公，表示愿意投降。齐桓公当然大喜，对众大臣说：“相国谋略，百无一失，真乃寡人之肱股，他的功劳可不小啊!”

齐宣王纳谏

战国时，齐国大臣春居，以此法巧劝齐宣王。

齐宣王修建大宫室，修了3年还未完工，规模很大，光堂上的门就设计了300座，臣子们无人敢劝阻齐王。

臣子春居向宣王说："楚王抛弃了先王的礼乐，音乐因此变得轻浮了，请问楚国算是有贤明的君主吗？"宣王说："没有。"春居说："所谓的贤臣数以千计，都没有人敢劝谏，请问楚国算有贤臣吗？"宣王说："没有贤臣。"春居说："如今您修建大宫室，宫室之大超过100亩，堂上设置300座门。凭着齐国这样的大国，修建了3年仍不能够建成。臣子们没有敢劝阻的，请问您算是有贤臣吗？"宣王说："没有贤臣。"春居说："我请您允许我离开吧！"说完就快步走出去。宣王说："春子！春子！回来！为什么这么晚才劝阻我呢？"

齐宣王赶紧召来记事的官员说："写上！我少贤德，热衷于修建大宏殿。春居阻止了我。"宣王接受了春居的劝谏。

春居运用君臣之间的直谏与纳谏，影响了齐宣王的奢侈修建，以己之退，求人之进，达到了劝谏的目的。

秦灭韩

战国晚期，是诸侯争雄，互相兼并，龙虎相斗的时代。在偌大的政治舞台上，秦王嬴政采纳李斯的计谋，韩国在六国中第一个被灭亡。李斯所用正是指桑骂槐之计，值得我们细细品味其中的玄机微妙。

从秦孝公任用商鞅实行变法图强以来，到秦王嬴政时，秦国已是兵强国富，实力远远超过了关东六国。席卷四海、统一天下的形势已基本形成，进一步需要具体考虑统一的时机、谋略和步骤。这时李斯向秦王进言，首劝秦王抓住历史的机遇，分析当前的形势，诸侯互相兼并，关东只剩下六国，现在是秦国万世难逢的好时机，以秦国的强大，灭诸侯，成帝业，天下一统，好比从灶台上扫除灰尘一样容易，千万别坐失良机。但对他们不能只是硬攻，要善于运用谋略，要恩威并用，软硬兼施。他建议秦王派出谋士间谍，去游说诸侯，并让他们多带珠宝金玉，贿赂各国的权臣名士。可以重金收买，让他们为秦国工作，去蒙蔽其君王，陷害其忠良，离间其君臣关系，阻止其国与别国联合反秦。金钱收买不了的，就派刺客去杀掉他，这会使六国内部越来越乱。最后，秦国不难扫平六国，统一天下。秦王对这番进言，很是赞扬，立即采纳建议，不久提升李斯为客卿，专门负责统一六国的战略计划。

正当李斯春风得意之时，不料起了一场风波。韩国是秦国近邻。国小势弱，常受秦国欺凌。为减轻秦国的军事压力，韩国就派了一个叫郑国的水工到秦国去，建议秦国在关中修建一条三百多里长的大水渠，凿山开道，引泾水灌溉田地。韩国的原意是使秦国耗费大量人力物力，疲劳不堪，就腾不出手来向东征伐。秦国不知道其用心，认为这是增强关中经济实方的好主意，就接受了。但工程进

马超大战葭萌关

行到一半，韩国的阴谋就被发觉。于是秦国一些守旧的宗室贵族，本来就对秦重用异国异姓的政策不满，就以水工郑国的事为借口说，其他国家人来到秦，都是为他们的君主做间谍的，请秦王下逐客令。秦王迫于压力，下了逐客令。这样，来自楚国上蔡的一介平民的李斯也不得不打点行装归去。但他不甘心，于是立刻上书秦王，指出：秦国赶走异国之客是错误的，历数自秦穆公这位强秦的奠基之君到秦昭王的四位国君，都是靠任用客卿而为秦国的发展建立了功勋，如由余、蹇叔、商鞅、张仪、范雎等都是异国的来客，假如这四位君王，拒客而不纳，疏才而不用，秦就不可能有今天这样的富强。李斯又以秦王对来自异国的珠宝、良马、乐曲等的喜爱为例，问秦王："为什么这些不因非秦所产而摈斥，独独对士人，则非秦者去，为客者逐呢?"说明秦王重声色珠玉而轻人才，这不是想要"跨海内、制诸侯"的君王应采取的态度。又进一步说要建立帝业的君王，需要有泰山和河海一样的博大胸怀；今天的逐客，无异于给敌国送兵器，把天下智谋之士推向敌国，这对秦国来说是太危险了。这就是李斯著名的《谏逐客书》。他铿锵有力的言词，使秦王读后，立刻改变了主意，取消逐客令，追回已经上路离开秦国的李斯，并让他官复原职。一场因修渠引起的逐客风波平息了。而郑国渠的完工，不仅未能“疲秦”，反而增强了其经济实力，把平定六国提上了日程。

李斯提出平定六国需要选择弱点，正面突破，先灭韩国，再灭两翼，最后灭齐。所以首先应以韩国为突破口。他分析了六国的地理位置和实力状况，认为韩国地处天下之中，又正当秦军东向之路，韩国国势弱小，如做突破口，这一炮容易打响。第一炮打响，不但可振军威，而且敲山震虎，从心理上慑服其他五国。于是秦军向韩国边境进击，使韩王极度恐慌。李斯又亲自出使韩国，威逼利诱，迫使韩王向秦称臣。于是韩王就找韩非商量。韩非是韩国的王室贵族，他曾和李斯一起跟老师荀况学习，都是荀况的学生，韩非曾提出更张强韩之策，未被采纳，就闭门著述。他的著作集先秦法家思想之大成，风行一时。秦王嬴政读过他的著作，十分仰慕。韩王考虑韩非有这些条件，就决定派他去秦国，想通过外交努力，保存韩国。但韩非处于两难境地，作为一个深谙历史大势的思想家，他知道秦灭六国已是水到渠成，不可逆转。但作为一个韩国贵族，自然不忍他祖宗的基业毁于一旦，还得做一次最后努力。于是上奏章劝秦王缓攻韩而急攻赵。李斯立刻反驳韩非的“存韩”之论。他说韩非此来，只能是维护韩国利益，不可能为秦着想，这也是人之常情。而秦灭韩是不可动摇的。过去韩国每每在关键时刻和魏联合起来对付秦国，对秦是一个心腹之患。秦国和韩国的地形就像一块织锦一样交错在一起，韩国的存在，对秦国来说，就像木头里长有蠹虫一样，太危险了。一旦天下有变化，对秦国构成祸患的国家，没有比韩国更厉害的。别看他现在顺服于秦，实际是顺服于强力，一旦秦保留韩国而去攻赵、齐，难保它不与赵、齐、楚合谋，从后面来夹击秦军，故韩国不可信。力劝秦王不要为韩非的辩辞所惑，要明察其心。最后，李斯建议，自己前往韩国，诱使韩王入秦。秦就以韩王为人质，胁迫其大臣俯首归顺。于是秦王按李斯建议，一面把他的同学韩非关进监狱，一面让李斯出使韩国。韩王眼见秦国的大军压境，再也无计可施，只得交出传国玉玺，向秦国称臣归属。三年以后，秦又借口韩国背叛，向其全面进攻，韩在六国中第一个被灭亡，李斯的战略首举成功。接着，在不到十年的时间里，由近到远，各个击破，如蚕食叶，赵、燕、魏、楚、齐五国也先后灭亡，中国的历史翻开了新的一页。

秦灭六国的过程中，李斯提出首先灭韩国，是深谙指桑骂槐之妙用。在兼并战中大凌小，强凌弱，秦强韩弱，第一炮容易打响，这不但振奋军威，而且从心理上慑服其他五国，这就起到杀鸡儆猴，敲山震虎的作用。而且在进行中，警而诱之，威迫利诱，无所不用其极，最后制造事端，借韩国背叛，一举歼灭。李斯在这里是把指桑骂槐之计，发挥得淋漓尽致。

严军纪树威信

汉时的韩信，出身寒微，自得到刘邦筑坛拜将，为一班老臣武将所轻视。他上台后，为树立威信立律极严。一天，集合操演，限五更时分全体要到齐。点名完毕，有监军殷盖未到，韩信亦不追问，开始演习。

时至中午，殷盖方从营外而来，到了辕门，想进去，守门的连忙拒绝，说："元帅已演习半天了，没有命令，不敢放人进去！"殷盖大怒，说："什么元帅不元帅？正是小人得志乱施乱为！好吧，你去说一声吧！"

不久，传令兵将殷盖请进，见了韩信，殷盖只把两手一拱，尚余怒。

韩信问："军有禁令，汉王亦有手谕，你身为监军，为何迟到？"转问司晨官："现在什么时候？"

"已过中午了！"司晨官答。

“早已三令五申，限卯时齐集，你却过了六七个钟头才来，显然蔑视军令，依法当斩！”韩信严肃地对殷盖说。殷盖不以为意，还强横争辩，把韩信不放在眼里。

监斩苴穰

韩信大怒，喝叫左右把他绑起来，跪于帐前，数其罪说：“你身为大将，岂不闻受命之日，则忘其家；监军约束，则忘其亲；当临敌杀伐，则忘其身？你以身许国，岂还念及父子亲戚？”召军政司问：“殷盖违令，罪在哪一条？”

曹参高声说：“与军约会，期而后至，得慢军之罪，当斩！”

殷盖这时才知闯了祸，吓得魂不附体，急以目视樊哙，求他讲情，但樊哙也出不得声，又离不得营，只是跌脚空焦急。辕门外有人知道了这个消息，飞马报告汉王刘邦，刘邦也大吃一惊，急使郦生持手书去求情。

郦生带了随从，飞一般到了辕门，正见殷盖跪在地上，等候行刑，乃高叫："有汉王手谕，且刀下留人！"两骑撞入了军营，被守门军士执住，解往见韩信，韩信说："军中不准驰骤，郦大夫素熟兵法，为何故犯军令？"

郦生说："是奉汉王命来的！"

"即使奉命而来，于法亦有抵触！"韩说完，问军正司。"郦大夫该当何罪？"

"军法有驰骤军中者，得轻军之罪，当斩首以示三军！"

韩信说："既然有王旨在身，故免本身之死，但要斩马夫，以彰军令！"

不一会，殷盖和马夫被处斩了。韩信运用杀鸡惊猴（指桑骂槐）的计谋树立了自己的威信。从此，各将士不敢轻视他，军中军纪肃然，协调一致。这为日后逼死项羽于乌江，为刘邦打出个天下来奠定了基础。

不战而降

公元前204年，韩信采取背水而阵的战法，在井陉口击败赵国军队。随后，他想乘胜向北进攻燕国，向东征伐齐国，就去找广武君李左车出主意。李左车说："你先后消灭了魏国和代国，现在又在一天之内大破赵国20万大军，名闻海内，威震天下，这是你的优势。但是，你的军队也因一次又一次接连作战搞得很疲劳。以疲劳的军队去进攻燕国的坚城，一定会遭受挫折；燕国不服，齐国就可以争取时间加强防御，这样你就会处于劣势。会用兵的人，不以劣击优，而是以优击劣。依我看来，最好是一面休整军队，摆出将要进攻燕国的架式，一面派代表宣扬汉军的胜利，用这种办法招降燕国，燕国不敢不从。燕国一投降，齐国也就不得不屈服了。"韩信采纳李左车的计策，派人去燕国招降，燕国慑于韩信的声威，果然投降了。

运用"指桑骂槐"之计，韩信取燕的方法是，用已有声威，警戒和诱导敌人，使其闻虎色变，闻风丧胆，不战而降。

巧计退敌

汉文帝死后，汉景帝（公元前156—前141年在位）即位。这时，李广做了陇西郡（治所在今甘肃临洮南）都尉不久又升任骑郎将。

汉景帝继续实行汉文帝时期的基本政策，采用了著名政论家晁错“削藩”的建议，进一步削夺诸侯王国的土地，把它逐步收归中央直接统辖，以削弱地方割据势力，加强中央集权。汉高祖的侄子吴王刘濞，早就“积金钱、修兵革”，招降纳叛，蓄谋夺取中央政权。汉文帝为防止吴王刘濞叛乱，曾把自己的次子刘武封在梁国（即梁孝王），作为屏障。

公元前154年（景帝前元三年），刘濞因反对“削藩”，便联合楚、赵等七个诸侯王，打着诛晁错、清君侧的旗号，发动武装叛乱，并首先进攻梁国的棘壁（在今河南睢县），杀数万人。梁孝王被迫坚守睢阳（在今河南商丘南），抗拒吴楚叛军，不使西进。当时，汉景帝既要平定叛乱，又要削弱梁国势力。他派太尉周亚夫率领大军前去讨伐时，接受了周亚夫提出的“以梁委（放弃给）吴，绝其食道”的战略，所以周亚夫不是直接援救睢阳，而是进驻梁国东北部的昌邑

（在今山东巨野东南），并采取防御战术，坚守不出。梁孝王多次向周亚夫呼救，吴楚叛军也多次向周亚夫挑战，周亚夫坚守如故，同时却派轻骑兵在淮泗口（在今江苏淮阴西）断绝吴楚叛军的粮道。吴楚叛军粮草短缺，欲战不能，相持三个月，便被迫退却。周亚夫乘机指挥大军，奋起追击，一举击溃叛军。由于“七国之乱”不得人心，所以很快就被平定了。

在昌邑之战时，李广正在周亚夫手下做骁骑都尉，他英勇作战，并夺得了叛军的旗帜，再立战功。从此，李广开始闻名于世。当时，汉景帝的弟弟梁孝王为了表彰李广的战功，特意授给他将军的勋衔和印信，李广接受了。但是，李广身为西汉朝廷的命官，竟私自接受一个诸侯王的封赏，这是汉朝法令所不允许的。所以，回到长安以后，李广没有得到汉朝的封赏。不久，便调出长安，到上谷郡（治所在今河北怀来东南）担任太守。

上谷郡位于汉朝北部，与匈奴相毗连。那里经常是战云密布，狼烟滚滚。匈奴和李广几乎三天两头打仗。李广每次都亲临战阵，经受了许多风险。当时有个名叫公孙昆邪的人，很为李广的安全担心。有一天，公孙昆邪跑到汉景帝面前，哭哭啼啼地对汉景帝说：“李广才气非凡，天下无双；但是，他自恃武艺高强，屡次跟匈奴交战，死打硬拚，要决一雌雄。我真担心会损失了这员勇将！”于是，汉景帝又把李广调到上郡（治所在今陕西榆林东南），继续担任太守。

跟上谷郡相比，上郡离京师长安要近得多。但是，上郡也是汉朝和匈奴经常发生战争的地区。李广到上郡以后，就跟匈奴大队骑兵发生了一次意外的遭遇。

有一次，匈奴骑兵大举进攻上郡。汉景帝把一个亲信宦官派到上郡，去跟李广参加军事训练，准备抗击匈奴。

一天，那位宦官率领几十名骑兵，离开大营向北驰骋。路上发现三个匈奴人，宦官自以为人多势众，便跟他们交战。三个匈奴人毫不畏惧，沉着回射。几十名骑兵纷纷中箭伤亡，宦官也险些丧命。

宦官带着箭伤，狼狈逃回，急急忙忙地跑到李广那里，报告事情的经过。李广一听，就断定那三个匈奴人是射雕的能手，于是翻身上马，带着一百多名骑兵前去追赶。李广一行快马加鞭，一口气儿追了几十里，只见那三个匈奴人连马都没有骑，正不慌不忙地走着。李广一面命令骑兵从左右两翼包抄过去，一面盘马弯弓，连发几箭，两个匈奴人应声倒地，另一个也被活捉了。

李广刚把这位射雕的能手绑在马上，突然发现前面尘土飞扬，原来是匈奴的大队骑兵，有好几千人。这时，匈奴骑兵也发现了李广。他们见李广一行人数不多，便疑心是汉朝的诱兵。于是，迅速占据了附近的一个山坡，摆开阵势，观察李广一行的动静。

李广的一百多名骑兵见大敌当前，神色紧张。他们都想调转马头，赶快撤退。在这万分危急的关头，李广沉着镇定。他冷静地分析了形势，认为自己已经远离大营几十里，身边又只有一百多名骑兵，要是仓皇撤退，匈奴大队骑兵就会乘机掩杀过来，这一百多人就会全部丧命。惟一的办法就是坚持下去采用指桑骂槐的计谋，利用匈奴的错觉，让匈奴相信这一百多人确实是诱兵。这样，匈奴就不敢发动进攻。

于是，李广把这个道理告诉给士兵，并命令他们继续前进。当他们走到离匈奴阵地只有两里来地的时候，这才停下来。接着，李广又命令他们都下了马，并卸下马鞍。

这样，一边是兵力占着绝对优势、严阵以待的几千匈奴铁骑，一边是下马解鞍、放松戒备的一百多个汉朝骑兵；两军相距只有二里地。李广的部下更加紧张，纷纷议论说："匈奴骑兵这样多，这样近，万一发生紧急情况，怎么办？"李广回答说："匈奴以为我们会撤退，我们却偏偏卸下马鞍，叫他们知道我们决不后退一步。这样就会加深他们的错觉。”

庞令名抬棺决死战

果然，兵强马壮、英勇善战的匈奴骑兵，因为错把李广等人当成了诱兵，害怕中汉军的埋伏，不敢进攻；李广也巧妙地利用匈奴的错觉，冒险坚守自己的阵地。双方相持良久，气氛十分紧张。战场上鸦雀无声，寂静异常。

过了一会儿，一个骑着白马的匈奴头目到阵前监护匈奴骑兵，李广见了，立即跨上战马，带领十几名骑兵，冲上前去，射杀了那位“白马将军”。然后又从从容容地回到原地，解下马鞍，让大家把马放了，横七竖八地躺在地上休息。

这时，天色渐晚，夜幕徐徐降临。匈奴骑兵对李广一行的举动始终觉得神秘莫测，一直没敢贸然进攻。

到午夜时分，他们唯恐受到汉朝伏军的袭击，便趁着夜色全部退走了。

第二天凌晨，李广见对面山坡上静悄悄的，一个人也没有，这才带着那一百多名骑兵平安地返回大营。这时，汉营里的大军还不知道李广到哪去了呢！而跟着李广的那些骑兵却捏了一把冷汗，他们好不容易才熬过了那漫长、紧张而又可怕的一天一夜。

这段巧计退敌的故事，充分表现了李广临危不惧、指挥若定和随机应变的军事才能。在匈奴稳操胜算、汉军危在旦夕的不利情况下，李广不仅看到了匈奴骑兵在兵力上的优势，而且准确地掌握了匈奴骑兵的心理变化，并靠着自己的正确指挥和布置，运用指桑骂槐计迷惑了对方，保存了自己，不费一兵一卒，就顺利地渡过了危难关头。由此可见，李广已经成为汉朝年轻骑兵的出色将领。

此后，李广又先后在陇西、北地、雁门（治所在今山西右玉南）、代郡（治所在今河北蔚县东北）、云中（治所在今内蒙古托克托东北）等郡担任太守。在长期驻守汉朝边郡期间，李广都以力战闻名。

班超出使鄯善

“指桑骂槐”，在军事上是一个“杀鸡儆猴”的计谋，目的是树立权威。在以罚来严肃军纪时，要做到“罚不避亲，刑不畏贵”，这样才能令人信服。司马穰苴出身低微，统帅三军怕难以服众。他针对齐军一贯散漫、纪律不严的情况，采取辕门斩庄贾的果敢措施，使齐军令行禁止，一举而军威立，是一个治军成功的典范。

公元73年，东汉奉车都尉窦固派假司马班超和从事郭恂出使西域，争取那里的国家归顺汉朝。

班超带着36个人来到西域的鄯善国（鄯善原叫楼兰，在今新疆若羌一带）。当时，鄯善国王正在考虑究竟归附汉朝，还是归附匈奴，决心还没有下，班超一行刚到的时候，鄯善国王对他们非常恭敬，招待非常周到。过了几天，突然变得冷淡。班超很敏锐，察觉到情况有变，就对同来的人说：“你们感觉到鄯善王在礼节和态度上对我们冷淡了吗？我猜测一定是北边匈奴派人来拉拢他，鄯善王犹豫不决，不知归附哪边好，因此才冷淡我们。善于洞察事物的人，能发现细小的苗头，何况现在事情已经十分明显了呢。”

为了把情况搞清楚，证实这个推测的正确性，班超把鄯善负责招待匈奴使者的人叫来审问，班超装出非常了解内情的样子，连诈带唬地问："匈奴使者来了好几天了，现在他们住在哪儿？"招待人以为班超真的知道匈奴使者来了，加上这班超的威严，就如实说了。就这样，班超得到匈奴使者到来的真实情况和居住地点。他怕走露消息，就把这个招待人关了起来。

班超把同来的36个人叫到一起喝酒，当大家喝到痛快的时候，他突然激动地说："你们和我都处在绝境，生死未保。我们也都想立大功，求得富贵。现在匈奴使者刚到几天，鄯善王就冷淡我们。他要是把我们捉起来送给匈奴人，那我们这把骨头就非丢在这里让豺狼吃了不可。你们说这事怎么办才好？"大家听后说："现在我们处于危险境地，生死听从你的决定！"班超说："不入虎穴，不得虎子。眼前之计，只有在夜里用火焚烧匈奴使馆，让他们弄不清我们多少人。火一起，他们一定会惊恐害怕，我们乘机把匈奴使者消灭干净。消灭了匈奴使者，鄯善王就会吓破胆，我们征服鄯善就算成功了。"大家说"这事非同小可，应当跟郭恂从事商量一下。"班超发怒道："成败在此一举。郭从事是个普通的文官，胆小怕事，叫他知道了一定会把事情泄露出去。不必和他商量了！"大家都表示赞成。

天黑以后班超带领大家来到匈奴使者驻地，他让十人拿着鼓隐蔽在房子后面，并和他们约定说："看到火起，你们都要拼命敲鼓，大喊大叫来造声势。"其余二十几人手持刀枪弓箭埋伏在匈奴驻所门前两侧。这天夜里正赶上刮大风，班超顺风点起大火。顷刻间，前后鼓声喊声连成一片。匈奴人不明情况，惊恐万状。班超带领大家冲杀，他亲手杀死三人，东汉官兵杀死了匈奴使者和随从人员三十多人，其余一百多匈奴人都被烧死。

天亮以后，班超把鄯善王叫来，拿出匈奴使者的头给他看。鄯善王大惊失色，消息传出，全国震惊。从此，鄯善国归附了东汉。

由于匈奴使者的拉拢，使鄯善王归附东汉的决心发生动摇。班超一行生命也受到威胁。这时班超果敢地火烧匈奴驻地，除掉匈奴使者，一举慑服鄯善的事实说明，严厉果敢的行动，不仅对内治军有效，而且对外降伏弱小敌人也一样成功。

智取城池

元至正十七年（公元 1351 年），朱元璋部下常遇春、廖永安率水师攻克池州城。几日之后，城池又被陈友谅派的大将赵普胜指挥众将士夺回。

朱元璋听说此事，惊忧不已，思索再三，决定派著名的大将军徐达亲自率兵前往池州，欲夺回这个军事重镇。

这一天，徐达率领赵德胜、俞通海等众将士刚刚抵达池州城外，就见池州守将赵普胜手持双刀、杀气腾腾地带人奔向徐达营寨。俞通海见状，飞快地冲出徐营外，大声喝道："赵普胜！你本是我的部下，我待你亦不薄，你却背叛我，归附陈友谅，何理之有?!"赵普胜也大声称道："人各有志，跟随何人是我自己的事情，别人管不着，你更无权指责我！"俞通海闻言气得七窍生烟，怒喝一声："放肆！"就手持长矛直奔赵普胜，欲一下结束他的性命。赵普胜见他冲上来，也不回答，挥刀挡住俞通海的长矛。二人你冲我杀，刀来矛往，开始了激烈的格斗，刹那间，只见刀光闪闪，矛声铮铮，难解难分。渐渐地俞通海力见不支，有招架之功，而没还手之力，破绽百出。赵德胜见俞通海要败下阵来，赶紧拍马跃阵，冲将上来，两人一前一后，夹击赵普胜。此时的赵普胜愈战愈勇、士气倍增，眼见俞、赵二人抵不过赵普胜。徐达大旗一挥，命众将士一起冲上去。赵普胜见自己寡不敌众，才悻悻地退回池州城。

徐达带人退回营地后，立即召集众将领开会，商议如何战胜赵普胜，夺回池州城。结果众人一致同意要采取指桑骂槐、智取城池的战略战术。

战术一定，徐达先派人将赵普胜的营地情况查明，然后派俞通海率水师绕到赵营后，只待佯作正面进攻的赵德胜将赵军引出城外，就切断其退路，占据城池。

计议确定后，徐达估计俞通海率领的水师将至赵营后，就命赵德胜率兵前去叫阵。赵普胜不知是计，见徐军冲来即开营杀出。双方战了几十个回合，杀得难解难分，不分胜负，就在这时，赵德胜佯作招架不住的样子，虚晃一枪后，调马就逃。赵普胜不想就此放走败将，一声令下，指挥众军紧紧追杀上去。追了几里路后，忽见前面一队人马呐喊着冲杀过来。原来是徐达派来援助赵德胜的军队。赵普胜一见精神大振，指挥众将士奔向敌军，正酣战之际，忽听后面炮声隆隆，火光冲天。赵普胜怕池州城有闪失，旋即退出酣战，策马飞奔池州。到了城下，就见军营内尽悬“俞”字军旗，赵普胜方知中计，懊悔得直跺脚，又不敌徐达军的前后夹击，只好杀出一条血路，逃向西方。

孙安入朝

春秋时，矮戏子孟侏儒孟优，身长不满五尺，平日以滑稽调皮取欢左右，甚得楚庄王宠信，时贤相孙叔敖刚死，楚王非常悲伤。一天，孟优在效外见到孙叔敖的儿子孙安在山上砍柴，问起情由，才知此位贤相身后萧条，儿子要靠砍柴度日。他乃特制一套孙叔敖平日喜穿的服装，练熟孙叔敖的一举一动，在楚王宴客时，他扮成孙叔敖模样赴宴。楚王远远一望，误以为孙叔敖复活，起身相迎，及近前，才知是孟优所扮，楚王因思念贤相心切，想拜孟优为相，说："就是假的也好。"孟优答："家有老妻，请准回家商量一下才行!"次日，孟优回奏楚王，说黄脸婆不要他做相国，还再三再四告诫说，孙叔敖做了几十年的相国，一旦死了，他的儿子要上山砍柴卖才能生活，你要做相国，岂不成想饿死老婆吗？楚王一听，知是孟优的指桑骂槐之计，猛然醒悟，即下令叫孙安入朝，封地给他，免使他再过艰苦日子。

美军入侵格林纳达

美国在国际上一贯推行强权政治，到处称霸，拉丁美洲更被它当作自家的后院。尤其是中美洲及加勒比地区战略地位十分重要，美国近半的对外贸易、三分之二的进口石油和一半以上的进口战略矿产品都要经由这运河输送，北约组织所需战时供应的一半和大部分美军增援部队，也必须通过这条运河快速运往欧洲。该地区的墨西湾和加勒比海又拥有极其丰富的石油资源。对此，美国政府的决策者们历来都予以高度重视，采取各种手段建立和维护它在中美洲及加勒比地区的霸权地位。遭到这些国家人民和进步势力的强烈不满和坚决反抗。

1979 年 7 月，尼加拉瓜人民在桑地诺民族解放阵线的领导下，推翻了长达 40 年之久的索摩查亲美独裁统治，建立了民族复兴政府。在此影响下，萨尔瓦多、危地马拉、洪都拉斯等中美洲国家的反美反独裁群众运动此起彼伏。与美抗衡的苏联通过古巴大力为尼加拉瓜提供军事援助，输送大批军火，引起美国极度不安。1983 年 10 月格林纳达又发生政变，更加亲苏亲古的一派上台，这更使美国恼羞成怒，决定出兵入侵格林纳达。企图以指桑骂槐的手法达到一箭双雕的目的：以武力铲除格林纳达国内的反美亲苏分子，驱逐古巴在格林纳达的军事、政治势力，恢复美国在格林纳达早期的控制与影响；同时，借以恐吓尼加拉瓜不要继续坚持亲苏立场与美国作对。

于是美国以“应加勒比六国的紧急要求”和“保护美国侨民”为借口，对格林纳达发动了代号为“暴怒”的入侵作战。美国以绝对优势兵力，于 10 月 25 日对人口仅 11 万人，兵力不过 1200 人的格林纳达发动进攻，于 28 日攻占其首都圣乔治，这场指桑骂槐的入侵作战宣告结束。

聪明的使者

春秋末期，齐国宰相晏子的个头长得很矮。

有一次，齐王派他出使楚国。楚王听说能言善辩的晏子来了，便想借机侮辱他。

楚王先叫人在城门的旁边开了小门，打算让晏子从小门进城。晏子一见，针锋相对地说：“出使狗国，才从狗洞里进城，我今天出使到贵国，不希望从狗洞里进去。”

楚王一听没了辙，只好让晏子从城门进来。

晏子拜见楚王时，楚王摆出一副不屑一顾的神态。他不但不请晏子入座，而且还拖着长腔问晏子："你们齐国难道再没有旁人了吗？怎么把你给派来了呢？"

关云长单刀赴会

晏子回答说："我们齐国的都城临淄，有的是人。大伙要是把衣袖举起来，就能把太阳遮住；大伙要是挥手洒把汗，就能流成一条河，怎么能说齐国没有人呢？不过，我们齐国有个惯例，那就是有对外派使臣时，凡是在有德有才的人当国王的国家，我们就同样派有德有才的人去出使；凡是缺德少才的人当国王的国家，我们就同样派没德没才的人去出使。我晏婴在齐国是个既无德又没才的人，所以齐王派我到你们国家来当使臣。"

楚王听了，羞得满脸通红，只得让晏子坐下。

晏子刚落坐，就见有个人被捆绑着押了上来。楚王故意大声问道："这是怎么回事？"

押解的人回答说："这是个齐国人，犯了偷盗罪！"

楚王以为这下子准把晏子难住，便冲着晏子说："你们齐国人都惯于偷盗吧？"

晏子回答说："我听人说，桔子树长在江南时是桔子，可是移栽到北方，就变成了枳子。桔子和枳子的叶子长得都一样，但是结的果子的味道却大不相同，为什么呢？因为江南和江北的水土不同！这个人在齐国时，不偷不盗，到了贵国，便成盗贼，为什么呢？大概是你们楚国的水土让他变的吧！"

楚王见难不住晏子，只好笑了笑，自言自语地说："我这真是咎由自取啊！"

晏子采用指桑骂槐计，以彼之矛，攻彼之盾，从而捍卫了国家的尊严，羞辱了居心叵测的楚王。

西门豹之计

战国初期，魏国的建立者魏文侯，晚年任李悝为相，吴起、乐羊为将，积极奖励耕战，支持变法改革，使魏国日益富强，开始称雄诸侯。他鉴于邺（在今河南安阳北，河北临漳西南）地处魏、赵、韩三国交界，是个战略要地，但因过去治理不善，邺竟是田园荒芜，城乡萧条，人烟稀少，老百姓困苦不堪。于是特任命精明能干的西门豹去做邺县县令。

西门豹刚到任，就邀请当地父老们来，向他们了解人们的疾苦和灾情。父老们说："祸害是'河伯娶妇'，就是帮河神讨娘娘，所以弄得民穷财尽。"西门豹问："这是怎么一回事？"父老们说："邺地方上的三老和衙门里的师爷，每年要老百姓缴纳捐款，收取的钱有几百万，用其中二、三十万来帮河神讨娘娘，而剩下的钱就由他们和那班庙祝、巫婆们一起瓜分。每到为河伯娶妇季节，巫婆到处察看，见小户人家有姑娘长得标致的，就说她该是河神娘娘，就把人拉走，为之洗澡、更衣、梳洗打扮。还替她在河上打造一条船，算是河伯行宫，让那姑娘单独住在里面，作为斋戒。十几天后，把姑娘放在一张如同出嫁用的床上，把床放到河上，任其漂流。漂一段后，就沉到水里，说是让河伯接去了。许多有姑娘的人家，都怕灾难临头，相继外逃。因此田园荒芜，民苦不堪。这事已经进行了好多年。人们都说，如果不给河伯讨娘娘，大水就会冲来把一切淹没，人也给淹死，所以不能不这样。"西门豹听后，心中明白了。他就约定：到了帮河神讨娘娘的日子，大家都到河边去送新娘，并请通知他也去参加。

到了那一天，西门豹带领随从吏卒赶到河边，三老、各级官员、豪绅，当地父老都已齐集河边，沿河两岸百姓围观的也有两、三千人。只见那为首的老巫婆有七十来岁，有十来个女门徒站在她背后。这时，西门豹走到前面大声说：

“喊河神娘娘来让我看看是否标致。”巫婆便把姑娘领出来。西门豹看了一下那受害的姑娘，对三老、庙祝、豪绅、父老们说：“这姑娘长得不够漂亮，怎么能做河神的娘娘呢？现在麻烦大巫婆去向河神报告一声，就说这个不成，要重选了改天再送去。”说完，就命吏卒抱起老巫婆投进河里。西门豹装出认真的样子，弯着腰注视河面，像是等待老巫婆回来。过了一会儿，故意说：“老巫婆下去这么久，怎么还不回来，想必是让河神留下了。现在需要派她的弟子下去催一下。”随即命吏卒把一个小巫婆也投进河里。过一会儿，又说：“老巫婆的弟子怎么也不回来？再派一个去催催她们。”于是又把一个小巫婆投进河里。这样一连把三个小巫婆投进去，都不见回来。西门豹说：“看起来老巫婆，小巫婆都是妇道人家，不会禀报公事。现在就只好麻烦三老下去把事情说明白了。”说完，命人把三老投入河中。然后装着严肃地在河边等候。这时站在河边的那些剩下的巫婆、地方官吏、师爷、土豪劣绅都惊恐万状。西门豹说："派下去的巫婆和三老都不回来，下一步该怎么办呢？"这些家伙吓坏了，怕下一步就轮到扔他们下河了。于是一齐跪在地上，磕头如捣蒜，头磕破了，血流满面。西门豹说："看样子你们都怕被派下去，那就再等一会。"又等了一会儿，西门豹说："看样子是河伯把他们留下再也不回来了。既然你们都明白了是怎么一回事，又都怕被派下去，那就暂且饶了你们，都起来回家去吧。"经过这一场惊心动魄的惩治，邺地就再也没有人敢提为河神讨娘娘的事了。

在这里，西门豹采用的是指桑骂槐之计。在这以前，他明察暗访得知，漳河因年久失修，每当夏秋之交遇上暴雨，河水就泛滥成灾，一片汪洋，淹没庄稼，冲毁田园，这是自然灾害，哪有什么河神？但是当地三老、师爷等地方小官吏却趁机勾结装神弄鬼的巫婆，把自然灾害说成是河神显灵，来欺骗愚昧迷信的老百姓，声言每年给河神献上美女，就可保安宁。于是借着给河神娶亲来敲诈钱财，以饱私囊，闹得地方上民不安生。西门豹了解了这情况，但老百姓受蒙蔽多年，已习以为常。如果直接去跟大家说穿，肯定人们不信。只有在现场演出上面所说的那一幕。西门豹装得像真的一样，可是把老巫婆、小巫婆、三老一个个扔到河里以后，河水根本没有反应，没有出现河神显灵。在众目睽睽之下，西门豹戳穿了这个骗局，惩办了老巫婆、三老等那些骑在人民头上的邪恶势力，也看到了其余的诈财者们，那怕死告饶的狼狈相，起到了杀一儆百的效果，也教育了民众。这说明西门豹除弊有方，而且计谋就在其中。下一步西门豹知道要巩固教育的效果，必须做点实事，让老百姓知道，可以和自然灾害作斗争，没有什么河神。所以他发动民众先后修筑了十二条水渠，引漳河的水来灌溉农田，既肥沃了土地，又减少了漳河泛滥的灾害，老百姓受益不浅。邺地人民为纪念西门豹破除迷信，除弊兴利的德政，把当年投巫下河的地方，改名叫“大夫村”。村外修庙、立碑，把西门豹领导修筑的水渠叫“西门渠”。

东方朔救乳母

西汉时，汉武帝讨厌喂大自己的乳娘，嫌她好管闲事，事无大小都罗里罗嗦，决定将她迁出宫外去住。

乳娘在皇宫里住了几十年，总不愿离开宫庭生活，于无可奈何时，想起一位东方朔，他是汉武帝的近身红人，希望他能帮助说句话。她把事情告诉东方朔后，东方朔安慰她说：“当你向皇上辞行的时候，只回头看皇上两次，我就有办法了。”

这天，乳娘叩别武帝下殿，满眼泪水，回头向武帝看几次，东方朔乘机大声说：“乳娘，快走吧！皇上现在用不着你喂奶了，还担心什么呢！”

汉武帝一听，如惊雷一样，感到十分难过，想自己是吃她的乳水长大的，她又没犯什么大错，就立刻收回成命，留乳娘继续住在宫里。

东方朔采用指桑骂槐之计，使汉武帝幡然醒悟，挽留了自己的乳娘，助君成就贤孝美德。

董宣治恶

指桑骂槐之计，简而言之，用于军事上多是治军，用于政治上则是严法令。东汉初年，六十九岁的董宣被任命为洛阳令，由于执法如山，被称为“强项令”、“卧虎令”，他终于治理了当时混乱不堪的京城洛阳。而他第一炮用的就是指桑骂槐之计。

洛阳是东汉王朝的京城，当时汉光武帝刘秀经过十五年的艰苦奋战才统一了全国，建立了东汉王朝。当年追随刘秀为建立王朝出过力的皇亲国戚、功臣显贵都居住在洛阳城里，这些人居功自傲，不可一世。常常纵容子弟或奴仆飞扬跋扈，为非作歹，洛阳城区打架、斗殴、杀人的事件时有发生。朝廷走马灯似的换了几届洛阳令，都稳定不了局面，连刘秀自己也感到头疼。最后任命了这六十九岁的董宣。起初洛阳的权贵谁也没把这年近古稀的老人放在眼里。但是他们万万没有想到，这个须发花白的“糟老头”上任没几天，就在湖阳公主头上开了一刀，这一刀真是石破天惊。

湖阳公主是刘秀的大姐，是刘氏家族的代表人物。刘氏家族在西汉末年的农民起义中取得了领导权，经过十多年的兼并战争，夺得了天下，刘秀做了皇帝，刘氏家族当然气焰万丈，根本不把国家法度放在眼里，觉得这是刘家的天下。湖阳公主当时就是洛阳地方上的一害。她的宫中豢养了成群的恶仆，整天在洛阳城里为非作歹，根本没人敢过问。董宣上任后，察访了情况，心中非常明白，要治理洛阳，首先要把权贵的气焰打下去。必须选择权贵的代表人物、骄横不可一世的湖阳公主开刀。一次，公主的恶仆光天化日之下在街上杀了人，董宣立即下令逮捕他。但他躲进公主的宫里不出来，董宣派人监视。有一天恶仆跟公主的车马一同出来，董宣立即带人去拦住公主的车马。湖阳公主坐在车上，很傲慢地问：“你是什么人，敢拦我的车？”董宣自我介绍以后，说：“请公主交出杀人凶犯。”那个杀人恶仆一看不妙，赶紧爬到公主车里，躲在公主身后。公主满不在乎地说：“你长几个脑袋，敢拦我的车抓人，好大胆子！”董宣怒气冲天，猛地从腰间拔出刀来，高声责问公主：“你身为皇亲，不守国法，竟然袒护杀人凶手。”董宣一声喝令，洛阳府衙的人，一拥而上，把凶犯从公主车里拖将出来，当场斩首。

这一下气昏了公主，觉得丢了面子，立即调转车头直奔皇宫。他一见刘秀就又哭又闹，非要刘秀杀了董宣给她出气不可。刘秀听了此话，心里也不大痛快，心想你董宣执法严明是好，可当众让我姐姐下不了台，不是把我也不放在眼里吗？于是把董宣召进宫来，让卫士们当着湖阳公主的面、用鞭子抽打他。可怜老迈年高的董宣，因公正执法而受刑。可董宣毫不畏惧，冲着刘秀说：“请等我把话说清楚，死也无妨。”刘秀说：“你冲撞我姐姐，不该受罚吗？”董宣义正辞严地说：皇上是大汉朝的中兴之主，一向注意德行，也说过要以文教和法律来治理国家。现在公主在京城纵奴杀人，皇上不但不加管教，反而责打执法的人，试问国家的法律还有什么用？国家靠什么来治理？今后谁还当这个洛阳令？”说着，就把头向殿上的柱撞去，马上头破血流。汉光武帝刘秀被他那一番理直气壮的忠言打动，赶紧叫人把董宣拉住。并对他说："只要你给湖阳公主磕个头，赔个不是就行。"董宣说自己没错，死也不磕这个头。光武帝想给湖阳公主一个台阶下，就让内侍去摁董宣的头。董宣用两只手撑地，头摁不下去。内侍们心中佩服董宣，不用大力摁，说董宣的脖子太硬，实在摁不下。汉光武帝无奈，把董宣放了。湖阳公主这时看到董宣连皇帝都不怕，并不是单给她下不了台，气反而消了一半，光武帝把她劝了回去。汉光武帝刘秀倒很喜欢董宣那执法如山的牛劲儿，专门派人给他送去了三十万钱。董宣把钱全部分给他手下的小官吏和士兵。从此，董宣狠狠打击豪强，"强项令"、"卧虎令"的威名传遍了全国。为非作歹的人，没有不心惊肉跳的，京城权贵们也规矩多了。

在这个事例中说明，董宣指的是湖阳公主的恶仆，骂的是湖阳公主一类的皇亲国戚，功臣显贵；他杀的是湖阳公主的仆人，整治的是湖阳公主一类皇亲国戚的飞扬跋扈、草菅人命、胡作非为的恶行。由于董宣执法如山，以计治乱，而又宁死不屈，大义凛然，坚持正义，誓不低头，终于收到了杀一儆百的效果。汉光武帝终于也冷静下来，考虑到汉王朝的根本利益，向董宣作了让步。

曹操除恶

东汉后期，在古都洛阳，一批东汉最大的豪强地主，过着荒淫糜烂的寄生生活。那一眼望不到边的良田，成了外戚（皇帝的母族和妻族）的花园、猎场；一连几十栋高楼大厦，是宦官的豪华邸宅。他们奴役着成千上万的奴婢，搜刮了无数的金银珍宝。豪强地主的两大集团——外戚和宦官，轮流把持着东汉王朝的统治权，作威作福。到了东汉第十一代皇帝——灵帝时，宦官集团独掌大权。他们依官仗势，为非作歹，把一个洛阳城闹得乌烟瘴气，昏天黑地。

报父仇曹操兴师

当时，洛阳城分为东西南北四个部。每部有一个负责治安的官员，叫做尉。在洛阳城里，这不过是一个小官，那些豪强，根本不把他们放在眼里。部尉的衙门年久失修，破旧不堪。

可是，洛阳北部尉的衙门这天与往常大不相同。两扇大门刚涂上朱红的油漆，焕然一新。朱红大门的两边，各高挂着十几根簇新的五色大棒，有手腕那么粗，红的，绿的，蓝的……十分显眼。

路过这里的人，看到这个新鲜景象，十分诧异。渐渐地，聚集在衙门口的百姓越来越多，不一会儿，两个兵士扛出一块木牌，竖在大门正中间。上面写着一道口气强硬的禁令：

“为了维护城北治安，禁止夜行。如有违犯者，不论平民豪强，一律用五色棒严惩。”

下面署名是“洛阳北部尉令”。

大家看到这个禁令，不免七嘴八舌小声地议论起来：

“新部尉刚到任，就出了这道禁令，来势可不小哇！”

“嗨，这样也好。那些豪强再也不能在夜间到处横行了。”一个吃过豪强亏的小贩说：“你看这几根大棒真厉害，谁要是挨个三五十下，准完蛋。”

旁边有个老人摇头苦笑说：“我看不过是新官上任

三把火，虚张声势罢了。”

这时，有人轻声嘘了一下：“别说了，新部尉出来了。”

几个小吏拥着一个青年官员从衙门里缓步走出来。这个官员约摸20来岁，中等个子，身体结实，眉宇间显出一副沉着、果断的神态。他在门口兜了一个圈子，观察了一下门前刚布置的五色棒和禁令，向左右小吏微微点头，表示满意。

这个年轻官员，便是新任北部尉曹操。

曹操早就知道洛阳城里治安混乱的情况。他雄心勃勃，决心在城北地区强化法令，改变混乱的局面，尤其是改变豪强在洛阳城为非作歹的局面。因此，他一上任，就命令手下人把衙门修整一新，叫工匠连夜赶造了20多根五色大棒，悬挂在大门两旁，并且出了这道《夜禁令》。

当晚，曹操又派了一队兵士在城北一带巡夜，专门搜索违犯夜禁的人，并且吩咐：只要遇到夜行的，不管什么人，都把他抓来审问。

深夜，北部尉衙门的大厅里，还是灯火通明，曹操坐在几案旁，一面阅读兵书，一面在等待着巡夜队的汇报。三天过去了，巡夜的兵士回来，总是说外边平安无事，他觉得情况有点可疑。难道凭一道禁令，那些平时在夜间胡作非为的豪强，就会老老实实地销声匿迹了吗？想到这里，他站了起来说："明天我去巡逻。"

这时，有一个掌管文书的老吏说："部尉，我看你不必亲自去了，他们巡逻还不是一样，再说，过去的部尉从来不巡夜。"

曹操说："过去的事我不管，《夜禁令》是我下的，我要亲自去查一查。"

第二天深夜，上弦月已经下去了。洛阳城北，除了远处还有几点灯火外，已是黑洞洞的。四下里静悄悄的，偶然传来了几声打更声和狗叫声。

街头转角处，闪出了七八个人影，两个家兵打着灯笼，后面骑在马上的是一个年约50岁、穿戴华丽的人，长得獐头鼠目，满脸横肉。那人喝得醉醺醺的，和随从的几个宾客正在大声地谈论：

"曹操这小子下了《夜禁令》，能把我怎么样？"

旁边一个宾客谄媚地接口说："这种芝麻大的官儿，也想管到我们蹇大人身上来，哼！那些夜巡的兵士，见了你的影，早就躲得远远的了。"

这个被称作蹇大人的，是汉灵帝宠幸的宦官蹇硕的叔父，一般人称他为蹇叔。这个老家伙依仗他侄儿在朝廷的权势，兼并土地，欺压百姓，横行霸道，无恶不作，是洛阳北部的一个出名的大恶霸、地头蛇。他白天干尽坏事不算，还经常在夜间喝足了酒，带着一批爪牙在外面强抢民女。当地百姓视如瘟神一般。

这天晚上，他们一伙又想闯入一家民宅抢夺民女，正在持刀破门时，曹操亲自带领巡夜队伍赶到了。

蹇叔身边几个眼尖的爪牙，一看势头不妙，滑脚溜走了。另外几个也吓得面如土色。只有蹇叔，仗着酒劲，仍旧满不在乎，嘴里还乱骂："哪里来的小子，胆敢找到老爷我头上来了！"

几个兵士呆住了。曹操喝令道："把他抓起来！"

20 多个兵士一拥而上，把这个老家伙五花大绑捆了起来。

蹇叔虽然被反绑着，却依然盛气凌人。一双贼眼骨碌骨碌翻动，干瘪的嘴唇斜撇着。

曹操见了他那种嚣张的样子，大喝一声："你为什么违反夜禁，闯入民宅？"

蹇叔恶狠狠地叫嚷："你一个区区部尉，有什么资格来审问我。"

曹操强抑着心里的怒火，冷笑几声说："看来你是不会老实招供了。"随即吩咐兵士："来人，拿五色棒！"

当兵士去取五色棒时，旁边的老吏慌慌张张地走近曹操身边。

“部尉，”老吏轻声说：“这个人是当今皇上宠臣蹇硕的叔父，部尉要对他用刑，恐怕……”

曹操冷笑起来：“禁令要么不设，既然设了就决不允许有人随便违犯。任凭他是皇亲国戚，三公九卿，我也要依法处理，我今天就是要杀一儆百，叫这些豪强知道禁令的厉害！”

说着，他转身向蹇叔怒喝：

“好一个当朝大臣的叔父，你既然存心触犯禁令，就饶不得你了！”

当十几个兵士拿着五色大棒在大厅两旁挨个排开的时候，蹇叔的骄横气焰顿时一扫而空。他脸色蜡黄，两腿发软，跪倒在地。

“看在我侄儿的面上，饶了我吧！”蹇叔哀求着，声音已经发抖了。

曹操一拍惊堂木：“你依仗权势，漠视禁令，必须严惩。”接着命令兵士：“给我狠狠地打！”

兵士们平时惧怕蹇硕威势，敢怒不敢言。今天见新部尉一声令下，立刻将蹇叔按倒在地，挥舞起五色大棒，一阵痛打。那个作恶多端的蹇叔开始还嗷嗷乱叫，挨到 30 棒光景时，连求饶的声音也听不见了。

第二天，洛阳北部的大街小巷，人们都传播着部尉棒杀蹇叔的事，大家都为洛阳城少了一个大恶霸拍手称快。尤其是那些平日依仗权势的豪强，也不得不在表面上收敛一下他们的蛮横行径。

曹操利用指桑骂槐的计谋，树立了自己的威信，从此以后，洛阳城里的治安秩序渐渐好了起来。

自己判决自己

在江户，人人都确信大岗是个仁慈正直、秉公办案的法官。无论在大街小巷、茶楼商店。也无论穷人或富人都异口同声地称赞他。所以，当人们听到大岗对仅仅因为失手打碎一个花瓶的小姑娘要判处死刑的时候，无不惊讶。

一个风和日丽的艳阳天，幕府将军，这位古老日本的封建统治者，兴致勃勃地登山漫游，观赏秋日的景色。他对枫树的红叶尤为欣赏。

有棵小树在这深秋的季节，枝繁叶茂，使将军心旷神怡，他命人折下一枝带回城堡。一个小女仆拿着将军最喜爱的花瓶来插树枝，不料，一不小心，花瓶掉到地上打碎了。

这位统治者立即勃然大怒。小花瓶是他祖父的传家宝。而他的祖父是著名的德川家康，一位伟大的军事统帅。幕府将军非常崇敬他的祖父。早就下过命令，不论是谁，若是损坏了他祖父用过的东西，一律处死。

将军派人叫大岗来，命令老法官判处小女仆的死刑。老法官一时不知所措，惊呆了。这个小女孩不过是一时失手打碎了花瓶，怎么该判死刑呢？再说，他还是大岗法官一个老朋友的小女儿，小时候常和自己的孙子雄一起听他讲故事，是个很乖巧的好孩子，可是怎么救她呢？

孙子吴宫教战图

“我最尊敬的将军阁下，”大岗试探着提出异议，“她仅仅是个小女孩，我想，……”

“你不要为她找任何借口！”幕府将军暴跳如雷，

“老百姓一定会高兴地认为有你出来讲情，就能免此贱女一死。他们都知道，你能想办法来曲解法律，保护他们，可这次绝不能！”

大岗清醒地意识到，硬坚持自己的主张是无用的，于是便在盛怒的统治者面前深鞠一躬：“我要斗胆地为她最后说一句，她是十足的笨蛋！”

“完全是，百分之百！”

“她应当受到惩罚！”

幕府将军盯了大岗一眼，心想要大岗这样有头脑的人，事事俯首贴耳可不那么容易。

这时候，在屏风后面，一个女佣人听了他们这段对话，便跑去告诉了其他佣人，说大岗同意把那个小女孩处死。这一不幸的消息在江户城立即传开了。几分钟之内，成千上万的人都知道，大岗也无法挽救小女孩的性命啦！

在城堡里，大岗继续对幕府将军说：“这个女孩是那样地愚蠢，大概她还不知道为什么她要被处死。”

“够了，大岗！”幕府将军余怒未息，“你又在兜圈子。”

大岗急忙打躬施礼：“不敢。可是，我认为任何犯人都应当叫他明白被判处的缘由，糊里糊涂地行刑，效果不好，再说，还有其他理由使这个小女仆受到严惩。实际上她有三条罪，要是您——尊贵的将军不反对的话，我要向她当面宣判。”

“三条罪？你编的吧？”幕府将军问道：“她还犯了什么罪？”

“我来解释一下自己的看法。”大岗转向那个可怜的小女孩，严厉地说：“第一，你打碎了一个我们最伟大的德川家康将军用过的圣洁的花瓶，这是你第一条罪；由此而产生的结果，幕府将军受了原来命令的约束不得不判处你的死刑，这是被迫拿一个人的生命去抵偿一个碎花瓶的陶土，这是你的第二条罪；”

幕府将军狠狠地瞪了大岗一眼，但是法官假装着没有看见，继续说：“现在，弄得全江户城的老百姓，都纷纷抱怨咱们敬爱的幕府将军随意草菅人命，把个活人的性命看得还没一把陶土值钱。这使我们伟大的幕府将军处境很难堪，这是你的第三条罪，也是最严重的一条，还有什么比将军的威望更重要哪！？”

幕府将军脸红了。但是仍然很严厉地说：“大岗，你这是暗示我，处死这个小女仆是愚蠢的，对吧？可是已经晚了，你知道在我们的历史上，没有哪个幕府将军更改过他颁布过的刑罚。现在，在我这方面已经没有考虑的余地了，她必须被处死。”

“当然，”大岗说，“这我知道，死刑是不能更改的。”

“看来”，幕府将军接着说，“你也像她一样是有罪的。你虽然指出了我的错误，但为时太晚了。你是阻止我避免错误的谋臣，却不能使我避免错误，是不能原谅的。”

“我有罪!!”大岗非常同意将军的指责，再次深深地鞠躬，“等这个小女仆还清了打碎的花瓶钱以后，我就宣判：把我们两个都斩首示众!”

“偿还？你这是什么意思?”幕府将军莫名其妙。

“是啊，她打碎了花瓶首先必须偿还，这是法律规定的。”大岗十分认真地说：“她和我，都因为使您受到老百姓的责难，而应当立即处死。但要立即处死，花瓶钱就不能赔了。这个小丫头在受死刑之前，必须先赔偿花瓶钱!”

幕府将军皱起眉头说：“那是非常珍贵的花瓶，至少值一百文。一个女孩哪弄那么多钱啊?”

“她一次可以少还一些，慢慢地还清啊。”大岗接着说，“一年还一文钱，直到她把花瓶钱偿还完了。然后她和我一起上断头台!”

“一年一文”，幕府将军已经明白了大岗的真意，脸上泛起笑容，“哪能一百年哪！她能活得那么久嘛?”

大岗笑了：“如果您允许的话，尊贵的将军，我就叫她试试。”

幕府将军哈哈大笑起来：“好吧，那我就命令你自己也试试看，看能不能活那么长。”

大岗可谓把“指桑骂槐”术发挥到了极致，既挽救了小姑娘的性命，又使幕府将军消了气，可谓皆大欢喜。

妙题《贼》名

一位美国资本家以5千美元的报酬，请一位画家为他画一幅肖像。肖像画好后，这位资本家又以“画的根本不是我”为借口，拒绝支付报酬。

面对这位资本家的故意挑剔，画家决定以其人之道还治其人之身。画家没有直面怒斥这位资本家，而是把这幅肖像公开展览，并为肖像题名《贼》。资本家知道此事后，气得浑身发抖，打电话向画家提出强烈抗议。画家若无其事地回答：“这事与您无关。您不是说，那幅画画的根本不是您吗？”

资本家自知理亏，只好忍气吞声，最后不得不花费了更高的代价把那幅画买下。画家用指桑骂槐术狠狠的惩治了出而反尔的资本家，捍卫了自己的尊严。

打造总裁

他叫约翰·贝利，可是人们都昵称他叫“杰克”。

他很爱学习，可他生不逢时，在他高中毕业那年，正是社会处于经济不景气的1931年，工厂倒闭，失业率增加，他的家庭也陷入了困境，结果是他进大学的学费没有着落。

他想半工半读，只要他父亲帮助他解决第一学期的注册费，但就是这一点小小的要求也不能满足，原因是他家里连生活费都难以保障，更谈不上他的学费了，加之当时经济萧条，人们都在支撑着苟延残喘。即使想找别人借钱也没有人能借给他。

“你为什么不先去找个工作？”他父亲建议他，“等赚够了学费，到下学期再开始读。”他认为不错，在这种不景气的年代，何必再去拖累别人呢？

但是找工作谈何容易，许多公司硬撑着，不裁员是很不错了，谁还有能力雇佣新人呢？那时候惟一好找的工作是不支薪水的推销员。

他决定试一试，经过仔细分析，他选销电器产品，不管经济何等不景气电器产品该买的还是要买。

他找到了一家电器制造商，叫杰西·伦道夫，这位老板也是白手起家的人，虽是大老板但仍与员工打成一片，很得人缘。一见面杰克就产生了一种愿为他效力的直觉。就这样十七岁的杰克，第一次当一名推销员。

杰克第一次学着做生意，什么都不懂，既不知道什么是推销对象，也不知道什么是推销策略，推销方法。通货膨胀使失业人口增加，很多家庭陷入极端困苦之中，对添置用具并不热心。

一开始，杰克以满腔的热情投入到推销工作中，挨家挨户去推销，结果他到处碰壁，一个星期下来，他只卖掉一个电锯。

按理说杰克在这样的现实面前，应该去尝试做其他的行业，可是第一次的挫折更激发了个性倔强的杰克的斗志，他发誓要做好！

在他的细心体会观察下，又经过了十几天的失败推销，他终于找到了推销失败的原因所在，他发现自己什么都推销不出去是因为找错了对象。

在经济不景气时期，一般家庭添制的用具大为减少，再好的产品，如果不是等着急用，一般是不会买的。倒是一些中上等家庭有一定的购买能力，对添置一二件家庭用品根本不会计划。而且这样的家庭一般都请有佣人，添置用品的大权多半就操纵在这些佣人手中，只要说服了这样的佣人，生意就算是成交了。他选准了对象，即中上等家庭的佣人。

选准了对象之后，他又思考着怎样做通这些佣人的思想工作，最后他想出了这样一个办法——他告诉佣人自己的困苦情形，告诉他们自己是多么希望读书，可家里穷得交不起学费。最后他还加一说话的技巧："只要你点头说买，主人绝不好意思说不的。"

伏皇后为国捐生

这一着果然有效。因为许多佣人的家庭环境也不好，谁的家庭条件好会出来做佣人呢？许多家庭困苦的情形与杰克的相似，甚至更糟。这样他们引起了共鸣。另外最后一句话又强调了佣人在主人心中的重要地位，以及主人的重视程度。

话说到这种程度，这些佣人们也不好意思说不买。

杰克在伦道夫的公司干了一年多时间，因为伦道夫的公司最后支撑不下去而宣告倒闭了。但一年多的实践，杰克对自己的推销工作产生了信心。他检讨了一下自己，也比较了一下，推销电器产品利润太小，佣金也少，除了生活开销，根本赚不了多少钱，他决定从推销电器产品中跳出来到其他的行业求发展。

正好有一个费城的汽车商来找他，希望他能当推销员，这位经销商是杰西·伦道夫介绍给杰克的。

这位经销商又是一个很重视创新的人，他告诉杰克："这是个非常时期，一定要用非常手段才能把东西推销出去。"

这正合杰克的口胃，他也是一个喜欢创新的人，他辍学后，没有看过一本推销员的书籍，而是用自己的脑筋，自己的方法。

在他推销电器产品的时候，他就对美国中上等家庭的生活情形有了较深入的了解。不景气的时代，对这些家庭条件好的根本就没有多少影响，购买力并未下降。这次推销汽车与推销电器产品不一样，这不是一个佣人能左右得了的。但杰克并未放弃佣人这一队伍，他们能够向杰克提供主人的有关情况，以便杰克能有的放矢。

比如他通过佣人了解自己的主人爱好什么？有什么嗜好？经济大权掌握在谁的手中？他的汽车是哪个厂牌，是哪一年买的？有没有抱怨车子有什么地方不理想。许多的情况，杰克全都记在心里，回家再整理出来，根据这些情况，想出接近对方和说服对方的方法和技巧。

他的方法很多：

假如对方是个爱好古董的人，他就要准备一些有关古董的最新消息；如果对方是个“附庸风雅”的“半吊子”，杰克就会天南地北的“乱侃”一场，反正对方不会认真地去考据。假如对方是个爱狗的人，他去拜访时，在车子上一定带一只可爱的小狗，表示他们之间有共同的爱好，以缩短彼此的距离。

总之，杰克去拜访任何一位客户，他都要准备并掌握这个人的详细资料，以便与对方“一见如故”，这样，交易成功率就非常大。

正因为杰克有这么多的新念头，他的推销工作也进行得非常顺利，不到二年的时间，他自信已经有了足够上大学的钱。他决定上大学。

他的决定使经销商大感意外，极力想挽留他，经销商不知他的志向，他搞推销就是为了读书，充实一下自己，多学一点做生意的决窍和基本知识，以便以后有更好的发展。他的野心不是一个汽车推销员就能满足得了的。他进了华登商业学院。

虽然他干推销工作是为了积蓄读大学的学费，但初出茅庐的收获使他懂得了选择推销对象和推销技巧。或者说他懂得了怎样避开产品市场的死角，而选定推销产品的突破口。

杰克在三年的时间内学完了四年的课程，提前离开了学校，这时杰克就不是三年前的他了。在他快毕业时，就有十三家大公司都想争取他，这是因为华登商业学院的声誉很好，毕业的学生不怕没有事做。杰克不但成绩优异，而且又是班级中年龄最大，经历也最丰富的一个。

杰克经过慎重的考虑，认为到美国钢铁公司去比较有发展前途，可是当该公司派代表跟他约谈之后，杰克感到失望，杰克需要继续干他的推销工作，而该公司需要的是会计，他拒绝了会计这个工作。

他入学前的两次推销工作，不仅建立起他对这一工作的信心，而且也对它发生了极大兴趣，推销工作是活的，有多大才能就可能发挥多大的才能。而会计工作则不然，这是一种呆板的工作，才华的显露，远没有不出错误重要的多。杰克是一个坐不住的人，不但腿闲不住，连嘴也闲不住。粗心大意和好动的人是不能担任会计工作的，而杰克却具备这两种习性。当然杰克并不知道会计工作不是单纯的记帐，在经营上会计也能提供一般人所见不到的资料，如财务的分析，成本的分析等等。但杰克的心不在于此。

他等待的机会终于来临，仍然是美国钢铁公司要聘请他。

原来，与杰克约见的代表回到公司之后，据实把杰克的情形报告了上级、他的这位上级倒真想替公司吸收人才，听到报告后对杰克非常感兴趣，派了一名业务经理调查杰克的经历，是否是位优秀的业务员。这一答案证实了“这个年轻人的确是个杰出的推销人才”。这是他的老上级汤尼蓝赛评价的。就这样，杰克进入了美国钢铁公司。

对商科毕业生来说，能进入这样的大公司的确是件神气的事。杰克报到之后，便被派到了纽约分公司去服务，担任市场推广工作。然而，杰克想错了。

他的顶头上司叫马丁，是个快五十岁的中年人，在钢铁公司工作快二十年了，是公司里所谓的“元老派”，为人跋扈，又喜欢卖老资格，喜欢顺服老实的部下。

显然杰克不是一位顺服老实的部下，他是个很有才能的推销员，常常带点傲气，不大愿意对上级低声下气。这就犯了马丁的忌，把杰克狠狠训了一顿。马丁指望会把杰克镇住，没曾想杰克起了想与马丁干一干的念头。

马丁又使出更厉害的一招，以“了解公司生产的实际情形”为名，把杰克派到工厂去实习半年。这是个冠冕堂皇的理由，杰克只能忍气吞声到工厂去报到。

所谓“实习”，实际上就等于罚劳役，他父亲劝他：“遇到这样的长官，你别想有出头之日，趁早辞职，到别的公司去干吧，别在这里活受罪浪费时间。”

可杰克不服输，“我相信我不会永远在挨打的地位。有一天，我会展开反击，让他知道我不是好欺负的。”

一个大学毕业的高才生，被送到工厂里去学习，而他渴望的工作是推销业务，碰到这种情况，十有八九的会拂袖而去。而杰克没有。他不但毫无颓丧、泄气，反而满怀信心地进入工厂，学习他不懂的业务。在推销方面，杰克自认为不比马丁差，但对钢铁业实际情形的了解，他则不如马丁。他必须要在这方面赶上他，将来才有希望跟他面对面的斗一斗。

虽然在半年中，他吃了不少的苦头，但这对他一生的事业却发生了深远影响，生产的各个环节，与课本上学的是一次很好的印证。

半年之后，杰克谢绝了厂长的真诚劝告和热情挽留，仍然回到公司。“我何尝不知道，他派我到工厂实习是故意在整我，但事实证明，他不但没有整倒我，反而使我获益非浅。同时我也知道，回去后不会有好的日子过，他视我为眼中钉，也正因为这一点，所以我才非回去不可。”“因为我要把我这根钉子放在他眼里，不让他如愿以偿。他给我小鞋穿，我也不能让他舒服。”

这个认真负责，进取心很强的青年人有着如此倔强的生命力，只有他自己去吃苦头，去体会，不是用语言能挽留的。

杰克回到公司后，与上司马丁的第一次见面，就表示了“我不怕你”的态度。杰克做事认真小心，又不怕吃苦，在分公司里人缘很不错，唯独跟他顶头上司马丁，闹成水火不能相容之势。他曾公开对人表示：“除非马丁能把我开除，否则，我决不自动辞职，也决不到其他部门去工作。”

杰克施一点小手段，把他与马丁的不和让总公司知道了，并造成一种公开的印象，使大家认为马丁是在嫉才的情形下，千方百计想把他弄走。

马丁在杰克之前，曾排斥掉三、四个大家认为很有才华的青年。而杰克过去的经历，说明他是个很富有创意的推销人才，不可能一进入美国钢铁公司就变成低能儿。另外马丁派杰克到工厂去实习也是一大败笔，如果此举不是为了将来重用他，那么明显是在折磨他，排挤他，也就更说明他没有容人之量了。

杰克就是利用这些微妙的因素，使马丁在公司处于很不利的地位。也正因为这样，更激发了马丁的牛脾气，非要把杰克弄走不可。

机会终于来临了。美国钢铁公司在纽约的业绩，连续一个月都是下降的纪录。而这三个月中，杰克的下降辐度最大，马丁认为这是最好的机会。在总公司勒令改革业绩的当口，正好把杰克弄走。

马丁拟好了一份计划改革书，另外附了一份人事配置的报告表，而其中一点就是“杰克·贝利业绩显著衰退，工作不努力，应予资遣，请公司另派人员充任，以鼓励士气。”

总公司考虑再三，虽然知道这是马丁的一种借口，但为了公司的业绩不得不牺牲某些人才，准备答应马丁的要求。最后还是公司副总经理邱诺士的一句话改变了公司的初衷，也使杰克得以幸免。

邱诺士就是当年找杰克的那位业务经理，他现在已升副总经理，仍主管业务。他的话理所当然有举足轻重的作用。他认为马丁的计划与执行报告固然不错，但为什么等业绩走坡了才提出呢？一个主管人员，在一个地区这么久，仍不洞悉市场情况，防患于未然，本来就有失职之嫌，不能以开除一个干部作为搪塞。

曹操平定汉中地

其实，邱诺士以前对杰克的印象较深，因为杰克帮蓝赛推销汽车的故事令他颇为感动。而这次邱诺士能帮杰克的忙也不是有意的，而是从他的职位上而采取的措施。但邱诺士的话道破了问题症结，使其他的人无法提出反对意见。

命运往往捉弄人，假如没有邱诺士对杰克的一点点好印象，杰克这一次必然会被资遣或调职，那他的历史就要重写了。然而这件事验证了杰克父亲的话，粉碎了他想在大公司中发展的美梦，也因此才种下了独立创业的种子。

正是这个时候，战争爆发，杰克被应征入伍。

入伍一年多时间，杰克在一次战役中受伤，伤愈后退役还乡。以他此时的身分，人们对这种英雄人物可说是崇敬尤加，因此他要在各大机关、大公司找工作可说是太容易了。

杰克在美国钢铁公司已经有了一定的基础，他的亲朋好友，还有美国钢铁公司都笃定地认为他一定仍会回美国钢铁公司工作。可是令他们失望的是杰克选择了肯尼伍兹钢铁公司任职。

肯尼伍兹公司是新泽西州一家中型的钢铁公司，主要业务是生产铁铜铸材、零件和一般材料，跟美国钢铁公司的营业额相比，那是小巫见大巫。以他的雄心和才能，说什么也不该选择这样一家不起眼的公司。

理由很简单：一个人要充分发挥自己的才能，一定要到比较大的公司去。

可是他母亲不同意他去，他热恋中的女朋友也不让他去，美国钢铁公司派马丁来挽留他，他们已经和解。但杰克说服了自己的母亲、女朋友和马丁，到肯尼伍兹钢铁公司去报到了。

肯尼伍兹钢铁公司的负责人叫司徒生，是一个野心很大但心机不深的人。虽然不是那种急功近利的人，但在经营中却念念不忘扩展业务。他跟杰克一见面就谈得很投机，马上聘他为总经理，分工负责，司徒生负责生产技术上的事，杰克负责如何经营，如何开展业务，请杰克全权作主，并为了表示诚意，以公司十分之一的股权送给杰克作为酬劳。

受到重用的杰克，开始不遗余力的为司徒生策划拓展业务。由于不受牵制，他的才能得到了充分的发挥。他重视创新，对肯尼伍兹公司进行重大改革，使公司的发展步入一个全新的里程。

第一个改革，是调整公司的产销体制。以前，公司的产品多半是以较大的铸铁零件为主，供应对象也都是那些较大的制造厂，而且一般小零件根本就不供应。这种做法不仅限制了销路，而且也失去了不少零星的客户。所以杰克要把公司改为"仓储式"的，使供应的产品走向多元化的路线。

所谓"仓储式"，不是仓库的意思，而是分成加工部和陈列室，加工部负责加工，而陈列室接受别人的订货，不管数量多少，不管什么样的产品，他们都接受订制，他的口号是"你想要的我都有"。用这种"小生意，小做法"的方式经营，订单上的数量虽不大，但供应的产品种类多，加在一起就相当可观了。第二个改革是研制开发不锈钢产品。

这两项改革，都是改变肯尼伍兹传统的做法。杰克负责经营，但他知道这种重大的事情，首先得征求司徒生的同意。

有天晚上，杰克带着自己拟定的计划去见司徒生，请他作裁决。

开始司徒生不以为然，以为杰克的一些措施无非是在现有的基础上做文章，不会有大变化。然而当杰克一边翻计划书，一边解说内容时，司徒生才开始慢慢严肃起来，他为杰克两项措施所震撼。

内容讲解完了，杰克急着想知道司徒生的意见。而司徒生则不得不考虑改革所带来的“运动力”，他担心两件事，一是投资的大量增加，例如增加新产品，就必须增加新的生产设备；二是技术员工的大量增加，人事费用也是一笔大开支。

但他的这两点担心，杰克早都考虑到了解决的方法，杰克告诉司徒生，关于前一部分的增加零部件供应种类，是以现有的设备为主，只是在加工方式上多上些花样而已。至于开发不锈钢制品，这是一个逐步开发的过程，不会一下子推出很多产品，以现在的设备还可以凑合。

这个计划得到了司徒生的认可，计划的实施由杰克全权负责。

杰克只有一个难题，需要司徒生出面解决，这不是杰克所能独立完成的，因为他初来乍到，许多工人并不了解他。他要改革，可有几位老技师反对他的做法，对杰克的反应很不佳，认为生意做得好好的，何必另外求发展。

如果是这样的话，杰克的计划得不到工人的支持和全力合作，改革也就成了纸上空谈了。杰克在改革计划上与司徒生达成了一致的认识。在做通工人的思想工作上也达成了共识。

杰克又动起了脑筋，仅是司徒生一个人去说，凭司徒生的地位和资格，工人们可能不说什么，但内心里一定不会全力去配合，这就必须再用其他的方式。

这个方式，杰克有了答案，就是办培训班。让工人们了解改革的必然性，可行性，意义和作用，否则杰克的想法不能使他们深切体会和了解，工作效果自然要大打折扣。

这种方法好是好，可哪有这样顺利的呢？首先要工人们去上课比杀了他们还难过。其次公司的一些老技师、技工对杰克的敌视情绪越来越强烈，甚至有人造出谣言，说他是有计划的图谋肯尼伍兹公司。

一个又一个的难题，都没有难住杰克，群众的一些心理杰克很理解，也非常警觉，因此在第一天上课时，杰克为主角，司徒生当配角，共演了一出戏；

教室里，气氛紧张，大有一触即发之势。杰克走上讲台，心中已想好了对策。“我今天早上来上班时，碰上了一件很尴尬的事。”他用拉家常的语气说，“我在停车场把车子停好，沿着人行道来公司，突然一位年轻女士由后面跑上来把我抱住了。嘴里还咿咿呀呀地说：亲爱的，怎么到现在才来？”

“我想这个女人一定是喝醉了，可身上又没有酒味，我又想，这会不会是神经病，可是看那位女士朝我直挤眼，好像在暗示什么。”

“她抱着我的臂，推着我一直往前走。我心里突然害怕起来，这会不会是绑票的新花样，直等走到公司的大门前面我才弄清楚怎么回事，不由自主的一个人哭起来。”

杰克讲到这里停住了，并翻阅讲义准备上课，听的人沉不住气了：“究竟怎么回事？讲啊！”

杰克抛出了一个诱饵：“暂时保密，由各位猜，在下课之前有人答对了，就放特别假一天，另发奖金二十元。”

敌意消除了，大家叽叽喳喳开始议论，还有人开始在大声地笑。

杰克继续浇油，“我再为大家提供一个范围，这个答案是最荒唐，最不可能的一件事。”

“我再给大家提供一个线索，线索就在我这一课要讲习的内容里。”

听讲的人开始鼓噪起来，答案在讲习的内容里，显然是骗人的把戏，钢铁一类的制品跟女人撒娇扯不上关系。

杰克与听讲的人打赌，“当然答案不可能印在讲义里，但我在讲述时，在适当的时候，我会把答案说出来。为了取信于各位，我现在请我们的董事长司徒生先生做个证人，如果我没有把答案说出来，随大家的意思接受处罚。”

“不管大家有多少人答对，统统放假一天，给奖金二十元。”

大家真的开始聚精会神的听讲，杰克抓住机会，把他的计划内容，并且对公司可能产生的利润，很生动而仔细的介绍了一遍。他之所以费了这么大的苦心安排这次讲习，其目的就是要这些技师、技工们彻底了解他为公司所做的改革，是为了大家的利益，也是为了整个公司的成长，消除他们对他的排拒心理，发挥他们的特长，做出更精细的产品。

他告诉工人们："我们要开发新产品，不是光凭我的脑子可以奏效的，最主要的还是要看各位执行的是否认真。这就像男女谈恋爱时的情话说得再动听也没有用，主要看结婚后，彼此是否履行诺言。我的计划再好，各位执行的不力，或是在工作中不能尽善尽美，要想使公司成为最赚钱的公司，要想使我们的薪水高过其他公司，这无疑是痴人说梦。"

甘宁百骑劫魏营

这一堂课下来，大家对杰克的观点完全改变了。杰克开始讲习时还有点紧张，但略施小计，终于化险为夷。当他讲完时，大家安静而且用热切的目光瞪着他，杰克的表演成功了。

寻找答案的事当然没完，司徒生后来把赌注加到奖金一百元时，还是没人猜出，但杰克与司徒生一唱一和把讲习班的情绪推向了活跃和融洽。

其实答案杰克已经说出来了，就是“痴人说梦”。

第一期讲习结束以后，杰克在员工心目中，已建立起非常良好的印象，他的才华，他的学识，以及他待人处事的方式，都让这些人佩服。

善于掌握群众心理的杰克，一看时机成熟了，立即展开开发新产品的工作，成立一个研究开发小组，专门负责研制不锈钢新产品。

另外，他又把各地的推销人员召回公司作了一次短期讲习，来配合新产品的销售业务，并告诉他们推销的新方向。

杰克开发的不锈钢产品，并不是一把勺子、一个锅，而是制各种产品的材料，销售对象中小型加工厂。由于他经营得法，经一年的市场拓展工作，订单就纷纷涌到了。

此时的肯尼伍兹公司，呈出现极端繁荣的景象，进货出货的大卡车昼夜不停的从大门口进进出出，机器一天二十四小时都在开动。

这是肯尼伍兹公司出现了从来没有过的繁荣景象，

上上下下都精神饱满的在努力工作。但有一个人例外，就是董事长司徒生。

这个人虽然野心勃勃，但他有一个天生的心理缺陷，当置身在极端兴盛的境况中时，他会不由自主的想到最坏的一面去。

说起来可笑得很，有一天司徒生站在大门口，看到一车车的材料拉进来，一车车的产品运出去，工作的流程紧张而顺畅。突然，一辆载满了不锈钢块的汽车在大门口抛锚了，后面所有的车子都被迫停了下来。这一情景令他联想到整个公司的营运上面去，假如有一天产品的销路猛然下降，甚至于没有了销路，只有进货的车子往里开，没有运产品的车子开出去，那将是怎样可怕的情形。

一个经营者有了这种心态，就不能不说是一种心理残缺，如果在温和的环境下成长的企业，这种心理的反应还不太显著，只要一遇到快速成长，就会明显地表现出来。

一天夜里，鼓足了勇气的司徒生敲开了杰克的门，听了司徒生的问题后，杰克滚烫的心里，像被浇了一盆冰水。他没有想到司徒生会提出这样的问题，就像对一个身体健康情况非常良好的运动员来说，他突然跑不动了怎么办，荒谬又可笑，这也是不可能的事。

"天有不测风云，人有旦夕祸福。"

本来防患于未然的清醒是正确的，也是必要的。司徒生找杰克，不是向他提出质询，而是希望作未雨绸缪的防范，希望从杰克那里得到有力的保证。

然而司徒生的愿望落空了，杰克认为自己只能忠心耿耿的为公司全力以赴，不能保证绝不会发生意外的变故。作为老板，不能把意想的难题推给当伙计的，应该自己有信心才行。杰克还想到司徒生这种想法，是不是受了什么人的挑拨，对他的经营才能发生了怀疑；是不是不赞成公司这样快速发展下去。不管怎样，司徒生有这种想法，这几个问题不能说是不可能存在的。

两个人的心里留下了一个很大的阴影，他们之间的分歧也出现了。

创业时期，很多人同心协力，表现出令人羡慕的合作精神。可是当业务逐渐成长，公司规模扩大时，彼此就产生了意见。杰克与司徒生也是这样。

对于司徒生来说，当初他看中杰克的才华，推心置腹地把经营大权交给他，可是当公司的业绩蒸蒸日上时，司徒生的欲望满足了，或者说他很重视所拥有的一切，难免有了患得患失之心，对过分的扩展就不那么热衷了，宁愿稳打稳扎，慢慢寻求发展。

但杰克不是像他这样的人，他重视经营的气势，不愿放弃任何有利的机会。在业务发展上，他唯恐不够快速，又怎能容忍慢下来呢？这是他跟司徒生观念上的基本差异，一开始合作时，这种差异不明显，但发展到一定程度，就很自然的爆发了。

司徒生的心理状态是，在生意好起来之后，他并没有忘记他是老板，甚至于随着资金日渐庞大，他这种“我是老板”的意识还在与日俱增。因此一旦他的想法受到冷遇后，心里自然产生反感，抵消了杰克创业的功劳。对他自然没有那么信任了。

而杰克的心理状态却是另一回事，他认为自己对肯尼伍兹的重要性是别人无法取代的，有这种念头之后，在气势上，言行上难免有时候跋扈一点。而且自认为比司徒生高明得多，如果不受别人掣肘的话，他完全可以发挥得更好；一旦想法被阻则一定产生反感。同时杰克认为自己对司徒生忠心耿耿，真心实意地为了公司发展，想不到干到最起劲的时候，司徒生出现如此相反的情绪，如泼了一盆冷水，他怎么会泰然处之呢？

正好这个时候，司徒生所预料的事情戏剧性地发生了，不锈钢产品突然没有人问津，一连一个星期，肯尼伍兹一张订货单都没有收到。不锈钢的坯料仍在一车车往公司拉，工厂仍在不停的出货，但产品却没有地方送了，三天下来，公司的每一个角落几乎都堆满了做好的产品，司徒生看在眼里，急在心头。

司徒生又找到杰克，希望能找到解决问题的办法。一个心急火燎，一个心存闷气，两个人说话自然不会好言好语，闹得很不愉快。但杰克仍然在想办法，司徒生也忍了下来。

司徒生又找自己的老同乡、老同事亚伦诉苦，亚伦是钢材生产厂的厂长，说自己受杰克的气受够了，希望亚伦来当总经理。

亚伦拒绝了他，相反劝司徒生应相信杰克，杰克才是这块材料。

司徒生想把工厂关闭一段时间，等存货出光了再开始生产。

但这点绝对行不通，一是工厂停工之后，工人无法安排，既不能全部资遣，也还要发给他们一笔生活费，停工费是白白的损失，对公司没有好处，而且机器一停一开，也要花很大一批维护费用。二是公司订的原料是有契约性的，会一批批源源送到，如果不提货会增加仓库费用，如果要生产商停止送货，就等于毁约，这是有后果的。还有一个不能停工的重要原因，如果公司一旦停止，各债权人就会大感紧张，一齐来逼债，到那个时候，公司不倒闭也不行了。

这个时候，司徒生责怪杰克没有听自己的话，要是早作防范的话，也不会有这种局面出现。

其实司徒生这么做不是待人之道，对杰克也不是公平之道。如果司徒生能肯定自己所预料的情况，又能有充分的理由和根据，杰克是不可能不听他的。事实上他当时只是说说而已，自己也没有一点点把握，只不过是碰巧被料中了。

司徒生像热锅上的蚂蚁，又等了三天，眼看堆积如山的存货仍在增加，杰克仍没有想出对策，本来有点神经衰弱的司徒生昏倒在办公室里。

在医院里，当杰克风尘仆仆从外地赶去探望司徒生时，司徒生提出自己要结束生意，把生意让给杰克。

这个提议让杰克感到十分突然，司徒生这么做有多大的诚意呢？他自己又去哪里筹这么庞大的一笔资金呢？

答案有了，公司的几位小股东都要求杰克把司徒生的股权买下来。不管这是司徒生的授意，还是股东们的意思，杰克知道此时如果能凑到一笔资金的话，他便可以把肯尼伍兹公司接下来，在大家的心里，此时的公司如一个烫手的热山芋，尽早脱手的好。

杰克认为自己创业的时机到了，决心要运用一切的关系去借一笔资金，把司徒生的股权买下来。

司徒生占有公司百分之六十的股权，这笔庞大资金不是短时间能凑得起来的。但时间紧迫，杰克找到了美国钢铁公司的邱士诺。

杰克与邱土诺达成协议，各买下百分之三十的股份。共同经营肯尼伍兹公司。他们二人把肯尼伍兹公司的实际情形查看了一下，擅长于经营的邱土诺很快便找出了问题的症结，他增强了信心，决定投资。

不到十天的时间，杰克办妥了收购肯尼伍兹公司的手续。司徒生的病也不医而愈。而杰克也几乎在一夜之间把公司的难题解决了，就像司徒生的病一样，仿佛没有用什么急救措施。公司的危机全部解除，恢复了正常营运。

其实问题的症结很简单，就是杰克的推销策略快速成长发生了副作用，也就是卖得太多，使客户的存货太充足，发生了短期的消化不良症。

这次的权利转移，可以说是工商界里最富有戏剧性的，外面断言这是司徒生玩的计谋，以装病为手段，把他认为要倒闭的公司推给了杰克；也有人说这是杰克的手段，他对公司的危机早有了办法，却故意不告诉司徒生，以便将计就计把公司买下来。

但无论如何，杰克接手公司多少有点意气用事的

左慈掷杯戏曹操

成份，但司徒生对公司的发展存在恐惧心理，这次权利的转移，也就该是很自然的事。

杰克成为了老板，他可以开创自己的事业了，但他从这件事上，有了深刻的体会，“一个人有好的创新意念，必定要使四周的人都合作才行，否则即使有通天的本领也无法施展。一个企业的成长，不可能永远顺利，会遇到挫折，这种挫折、就是对公司内部团结与否的一种考验，假如一遇到事故就互相猜疑，这个企业的寿命就不会长久了。”

“假如你要成立一个公司，当然需要有一笔资金，但公司的业务是否能获得十足的发展，则全靠上下一致的创新意念。”

“这就像人一样，没有远大抱负和创造力的人，永远不可能有大的成就。”

因此，杰克每个月都举行一次创新研讨会，让每位员工都来参与公司的发展，都有动脑筋的机会，团结一心，使公司不断发展壮大。

后来人们说；“肯尼伍兹公司是由一群标新立异的家伙组成的，即使给你一个摆货的架子，他们也不会用正常的方式向你推销，因为不管什么事，他们都有自己的一套。”

杰克不是仅靠指桑骂槐的计谋博得员工尊重和佩服，而是靠长时间的勤奋、才华、学识打造了自己的人生。无疑，杰克将在自己的成功路上不停地奔跑。

质量就是生命

1988 年 12 月，北京，中国首届食品博览会。一瓶瓶宝石红色、金黄色的葡萄酒散发出阵阵诱人的浓香，很多人为此流连忘返。细心人会注意到，这些色美味香的佳酿皆来自河南民权第二葡萄酒厂。

当这次食品盛会的帷幕落下时，不出人们的预料，民权第二葡萄酒厂的“国农牌”甜白葡萄酒、味美思、民权白兰地，分别获得两块银牌奖、一块铜牌奖。同年，民权第二葡萄酒厂以过硬的产品质量，获得了农业部授予的优质产品奖、中国优质保健产品评委会授予的金鹤杯、银鹤杯等一连串的嘉奖。但这一连串的殊誉却是由一次惨痛的打击带来的。

1985年，由于放松了质量管理，民权第二葡萄酒厂售出的葡萄酒出现了严重的沉淀、变质现象。买到这样的葡萄酒的顾客自然纷纷退货，一时间沸沸扬扬。这一折腾，使这个两百多人的小厂损失惨痛，不说因此产品大量积压，仅退货一项损失就达10几万元。

这次打击使民权第二葡萄酒厂为之震动，惨痛的教训使该厂职工懂得了“质量就是生命”的真实含义。

教训只能使勇敢者聪明、奋进。1986年伊始，新组建的厂领导班子着手狠抓产品质量。他们从葡萄收购做起，从分选、破碎到发酵、理化指标检验、罐装等每道工序都制定了严格的质量硬性指标、并严格按照国际标准、部颁标准进行生产。

为了使产品质量切实得到保证，该厂将产品的“生杀予夺”之权授与厂质检科，质检科有权对不符合质量标准的产品责任人给予罚款、返工的处罚。该厂还规定：凡产品内在质量只达90%者，扣当班产品20

件，低于90％者，扣除当班产量40件。该厂不但对葡萄酒质量抠得紧，对商品的包装也不放松。厂领导宣布：商标不正、包装纸不紧、封头不死，酒箱倒装均属不合格产品，责任者为此要付出扣减当班任务20件的代价。

前车之鉴使民权第二葡萄酒厂对质量再不敢忽视，职工认真按规章操作，质检科每天派专人跟班作业，跟踪质量检测。他们甚至还规定，车间每一班次都要用一个小时的时间彻底扫除车间卫生。

严格的管理，使民权第二葡萄酒厂产品质量迅速提高：国家规定，葡萄酒保质期为半年，而该厂对产品却无限期保质。法国一位酒商在品尝民权第二葡萄酒厂的味美思后说：“味美思酒很有特色，甚至比法国的还好。”

正所谓“成也萧何，败也萧何”，忽视质量使民权第二葡萄酒厂栽了个大跟头，严把质量关又使该厂爬了起来。1986年，该厂生产的5000吨葡萄酒全部投放市场，而无一退货，当年盈利4304万元，从此后，该厂生产蒸蒸日上，仅1989年第一季度就盈利20多万元，产品在江西、福建、河南等地成为热门的抢手货。

在商业经营中，运用“指桑骂槐”计，关键在于取其计中“严”的思想，严格劳动纪律，加强企业质量管理。

特效广告

1984年美国出现了一则电视广告，名为“牛肉在哪里”。内容大体是一家叫“温蒂”卖汉堡牛肉饼的连锁店，想跟世界闻名的麦当劳汉堡牛肉饼店打擂台，特地拍摄了一则广告，3位年近80岁的老太太坐在又高又大的柜台前吃午餐，她们要的是面包夹牛肉，但送上来的只是又厚又大的圆面包，找来找去，甚至趴在桌子底下去找，也找不着应该夹在面包当中的牛肉。

于是一位老太太对着镜头大喊：“牛肉在哪里?”接着幕后的声音告诉观众说：“如果这三位老太太去‘温蒂’吃午餐，就不会发生找不着牛肉的情形了。”

这则广告一炮打响，“牛肉在哪里”成了美国最流行的口头弹，连竞选总统的政治家也曾引用它。说这句话的老太太一下子变成名人，她的指桑骂槐术突出了“温蒂”汉堡牛肉饼，而牛肉不过是一个借口而已。电视台请她表演，报纸对她采访，众人向她要照片。做这个广告的那家广告公司，从此名声大振，业务应接不暇。

树立面包形象

从厨房里闯出来的美国面包大王凯瑟琳·克拉克，标榜她自己的面包是“最新鲜的食品”。为了取信于消费者，她在包装上特别注明了面包的烘制日期，保证绝不卖存放超过3天的面包。

起初，这规定给她带来巨大的麻烦。因为一种新产品上市，销路不可能马上好起来。存货一多，严格执行“不超过3天”的规定就相当困难了。尤其是各经销店大都怕麻烦，虽然过期面包凯瑟琳回收，但他们不愿天天检查，换来调去，而宁愿把过期的面包留在店里卖。

许多人还抱怨凯瑟琳未免太认真，一个面包放三天也坏不了，为什么非要3天换一次不可？然而，凯瑟琳还是一如既往，严格要求自己的职工，保证面包的新鲜度。

一年秋天，一场大洪水导致了面包的紧缺，凯瑟琳公司的外勤人员由于没有接到特别的指示，照常按循环表出外到各经销店送刚烘制出来的新鲜面包和回收超过期限的面包。

一天，运货员在几家偏僻商店加收了一批过期面包，返程途中，停在人口稠密区的一家经销店前，立刻被一群抢购面包者围住了，提出要购买车上的面包。

运货员解释面包是过期的，不能卖给大家，反而被误解为想囤积居奇。人越围越多，几个记者也加入其中。

运货员被逼得无奈，只得解释到：“各位女士、先生，请相信我，我决不是想囤货投机而不肯卖，实在是我们规定得太严了，车上面包全是过期的，如果她知道了我把过了期的面包卖给顾客，我就会被开除，因此请你们原谅。”

由于大家迫切需要面包，这车面包最后还是在双方的“默契”下，很快被强买一空，但这位运货员也受到凯瑟琳的严厉指责。

事实上，凯瑟琳指责运货员违反规定，卖过期面包给顾客，实际正是“骂”其他面包商的面包不新鲜，从而树立起自己面包最新鲜的良好印象。真可谓用心良苦。

李时珍巧戏昏官

我国16世纪伟大的医药学家李时珍曾任过四川蓬溪知县，为了继承父志编写《本草纲目》，便毅然辞官返乡。

离任前那天，接任他的知县为李时珍饯行。席间，那位新知县恳求道："久闻李公医道高明，能否为下官开一滋补良方？"

李时珍早闻这位县官是个"酒色财气"四大全的昏官，于是沉思一下，拿起笔来信手开了贴药方。

柏子仁三钱　木瓜二钱

官桂三钱　柴胡三钱

益智二钱　附子三钱

八角二钱　人参一钱

台乌三钱　上党三钱

山药二钱

写好后，笔一搁，便拂袖而走。

那位新知县得了李时珍的一贴"滋补良方"，非常高兴，随即令人去抓药。那人拿到药方一看，不禁一怔，忙说："大人，你被他骂了。"接着解释为什么说他骂的奥妙，这十一味药的头一个字连起来读，就是："柏木官（棺）柴（材）益（一）附（副），八人台（抬）上山。"那县官一听气得直发抖。李时针以指桑骂槐计着实的给县官开了一剂补方。

一言之输赢

晋武帝泰始八年，贾充与晋朝廷官员在一起宴饮，河南尹庾纯喝醉了酒，与贾充争论起来。贾充含沙射影的说："你的父亲年老，不回家去奉养，你是无天无地之人。"庾纯反问："你的先主高贵乡公在何处？"贾充又羞又怒，上表请求辞官；庾纯也上表弹劾自己。司马炎下诏，免去庾纯官职，按制度让五公府评定他的善恶、得失。石苞认为，庾纯以作官为荣耀而忘记了父母，应当除去其名籍；齐王司马攸等人认为，庾纯并没有违反礼仪、律令。司马炎听从了司马攸的建议，又任命庾纯为国子祭酒。

庾纯情急，一言之输赢，于事无补，适足以给对方以口实。

第二十七计　假痴不癫

【原文】

宁伪作不知不为，不伪作假知妄为。静不露机，云雷屯①也。

【注释】

①云雷屯：见《易·屯》卦："象曰：云雷屯，君子以经纶。"《周易姚氏学·屯》："冬雷藏地中，至春乃激薄而出。"意思是说运用计谋如冬天积聚在地下的雷电，不到时机不发作。

【译文】

宁可装作糊涂而不行动；不可冒充聪明而轻举妄动。要沉着冷静，不泄露一点机密。就像冬季的云雷屯聚收藏待机而动一样。

【按】假作不知而实知；假作不为而实不可为，

或将有所为。司马懿[①]之假病昏以诛曹爽[②]，受巾帼，假请命[③]，以老[④]蜀兵，所以成功。姜维[⑤]九伐中原，明知不可为而妄为之，则似痴矣，所以破灭。兵书曰："故善战者之胜也，无智名，无勇功。"[⑥]当其机未发时，静屯似痴。若假癫，则不但露机，且乱动而群疑。故假痴者胜，假癫者败。或曰："假痴可以对敌，并可以用兵。"宋代，南俗尚鬼，狄武襄（青）[⑦]征侬智高[⑧]时，大兵始出桂林之南，因佯祝[⑨]曰"胜负无以为据。"乃取百钱自持，与神约："果大捷，则投此钱尽钱面也。"左右谏止："倘不如意，恐沮师。"武襄不听，万众方耸视，已而挥手一掷，百钱皆面。于是举手欢呼，声震林野。武襄也大喜，顾左右，取百钉来，即随钱疏密，布地而帖钉之，加以青纱笼护，手自封焉。曰"俟凯旋，当酬神取钱。"其后平邕州还师，如言取钱，幕府[⑩]士大夫共视，乃两面钱也。

【注释】

①司马懿（公元一七九年——二五一年）：三国时军事家，字仲达。河内温县（今属河南）人。在曹魏政权里历任军司马、丞相长史、抚军大将军、太尉等职。公元二百三十九年，魏明帝死时，他和大将军

曹爽受遗诏共辅太子曹芳。公元二百四十九年春，他谋杀了曹爽。独揽朝政。他戎马生涯四十余年，用兵有“兵动若神，谋无再计”之誉。其孙称帝建立晋朝后，追尊他为宣帝。

②曹爽（？——公元二四九年）：三国时魏将。字昭伯。谯（今安徽亳县）人。曹操侄孙。魏明帝时为武威将军。曹芳即位，他同司马懿受遗诏共同辅政。后与司马懿争夺权势，被谋杀。

③受巾帼，假请命：公元二百三十四年，蜀相诸葛亮北上伐魏，在五丈原，（今陕西岐山县南）与魏将司马懿对峙。司马懿坚闭营垒，相持百余日不与蜀军接战。诸葛亮为了激其出来交战，派人给司马懿送去巾帼（女人的头饰），讽刺司马懿胆小像个妇人。司马懿的部将经受不住这种污辱，纷纷求战。司马懿为了堵住请战部将的嘴，千里往返上奏魏明帝，请求允许出征。魏明帝实际上也明白司马懿的用意，当然诏示不许。司马懿借魏主的诏命稳定了军队，粉碎了诸葛亮激其出战的计谋，取得了最后胜利。

④老：疲惫。

⑤姜维：见第八计《暗渡陈仓》注⑤。

⑥引文出自《孙子兵法·形篇》。

⑦狄武襄：即北宋名将狄青（公元一〇〇八年

——一〇五七年）。因死后谥号武襄侯，故名。狄青，字汉臣，汾州西河（今山西汾阳）人，出身行伍。勇武善战，抗击西夏有功。宋仁宗皇佑年间，率兵平侬智高。官至枢密使。

三十六计之假痴不癫

⑧侬智高：北宋时广源州（今越南高平广渊）壮族首领。一〇四一年称王，建大历国，后改南天国。公元一〇五二年，侬智高起兵反宋，攻占邕州（今广西南宁南）等地。公元一〇五三年，北宋朝廷派狄青征讨，侬智高战败。公元一〇五五年在大理被害。

⑨佯祝：假装祈祷。

⑩幕府：古代军队出征，宿营使用帐幕，所以称将帅指挥部为幕府。

【译文】

假装不知道，而实际上却非常清楚；假装不能作，而实际上却是因为不想作，或者等待时机到来以后再去做。三国时，司马懿假装衰老病笃，使曹爽放松了警惕而杀了他；他接受诸葛亮送来的首饰、衣物后，故意上表假装请战，实际上却坚壁不战，借以疲劳蜀军，因此他能获得成功。姜维九次率兵讨伐中原，明知这样做不行而偏要轻举妄动，可真就是个大傻瓜了！他必然要遭到失败。《孙子兵法·势篇》中说："善于作战并且取得胜利的人，并不显示自己的智谋和名声，也不夸耀自己的勇敢与战功。"当战机未到时，沉着冷静地像个呆子；如果假装癫狂，不仅暴露了战机，而且胡乱的行动会引起三军的猜疑；因此，装作呆子的必会取胜，装作癫狂的必会失败。有人说："假装糊涂发呆既可以对付敌人，又可以指挥自己的部队。"在宋代，南方少数民族有崇拜鬼神的风俗。狄青征伐侬智高时，大军刚到桂林以南，他就假装拜神说："这次用兵，胜败还没有把握。"于是他拿出一百文铜钱向神许愿："如果能够战胜敌人，请让扔在地上的这些钱不铸文字的那一面都朝上。"左右随从将官劝他说："如果弄不好，恐怕会影响部队的士气。”狄青不听，在千万人的注视之下，他突然挥手一抛，结果一百个铜钱落在地面上都是面朝上。这时，全军上下举手欢呼，声音响彻山村和旷野。狄青也异常兴奋，他命令左右随从，取来一百个钉子，按照铜钱散布的疏密，用钉子牢牢地钉在地上，然后亲手用青纱盖好。他说：“等到凯旋归来，一定酬谢神灵，收回铜钱。”后来，狄青平定了邕州，带领军队回来，按原先说的那样，派人把铜钱取回，他的僚属们一看，那些铜钱原来两面都是一样的。

【计名探源】

假痴不癫出处不详，类似的语言或思想散见于多种典籍。

《孙子·九地篇》提到过：“能愚士卒之耳目，使之无知。”意为：要能蒙蔽士卒的视听，使他们对于军事行动懵懂无知。

《唐太宗李卫公问对卷中》中讨论过“诡道”：

原文：“……自古诡道。存之则余诡不复增矣，废之则使贪使愚之术从何而使哉？”

今译：……（这些都是）自古以来的诡道。只有保存它，剩下的诡诈之道就不会再增多了，若废弃不用它们，那些使人贪财使人愚昧的方法又从哪里施行呢？

【评语】

“假痴不癫”：假痴，即装聋作哑；不癫，即不发疯狂。全词意为表面上似痴如呆而内里却非常清醒。《李卫公问对》：“自古诡道存之，则全诡不复增之，废之则使贪使愚之术，从何而使哉？太宗良久曰：卿宜秘之，勿泄于外……诡道可使由之，不可使知之。……兵者，诡道也。托之以阴阳之数，则使贪使愚，兹不可废也。”此计用在军事上，是指：虽然自己具有相当强大的实力，却故意不锋芒外露，表面上显得软弱可欺，用以麻痹和骄纵敌人，然后伺机给敌人以措手不及的打击。

古人认为，自己非常清楚，却伪装成什么也不知道；现在假装不行动，是因为现在还不可能行动，必须等待时机再行动。古代兵书告诉我们，镇定得像个呆子。如果假作癫狂，肯定会泄露天机，让敌方或友方怀疑。所以，装痴的，肯定取胜；装癫的，则必将失败。

【战例】

真人不露相

由于隐藏了自己的本来面目，也就保全了自己。这样一来，在合适的场合，当对方无戒备心时就可实现其预定企图。这和“真人不露相，露相非真人”这句俗话意思很接近。现在，这句成语只强调了“越有实力越谦虚”这一点，赋予了道德方面的意义。“韬晦之术”是旧社会官场一种护身术。例如：

殷纣王不分昼夜地设酒宴，连今天是什么日子都不知道了。他问左右大臣，谁都不知道。这样，他就派人去问王族中堪称贤人的箕子。箕子对身边的侍从说：“作为一国之君，日期都不知道，看来世道是该变变了。既然如此，别人都说忘了日子，如果就我说知道的话，都会对我起戒心，那我可就危险了。”这样，箕子就对来问日子的差使说：“我也醉得忘了日子了。”（《韩非子·说林》）

齐国的掌实权者田常，通过武装政变，拥立了秉承自己意愿的君主，他自己做了相国。在事变之前，发生过这样一件事。一天，齐国的重臣隰斯弥到田常的住处来访，田常和他一起上到高台上，向四周眺望。三面什么障碍物也没有，视野十分开阔，只有南侧，因为隰家的房前的大树挡着望不远。田常对此什么也没说。隰斯弥回到家后，马上让家仆们把树砍掉。但还没砍几下，隰斯弥却改了主意，命令停止。家仆们都吃惊地问他原因。他说："古人曰：'知道深渊处藏着龟是危险的'。你们还记得这句话吗？现在田常好像在谋划什么大事，如果我砍了树，他就会认为我这人很细心，可能察觉到他心中的计划，就很危险了。不伐树，不会被怪罪，知道人心底的秘密，其罪过是不小的。我想到这一点，所以才让你们住手的。"

将相和

公元前 275 年，秦王派使者通知赵王，愿意在黄河边的渑池友好相会。赵王不想赴会，廉颇、蔺相如建议说："大王若是不去，就显得赵国懦弱而又胆怯。"赵王于是决定前往，由蔺相如随行。廉颇送到边境，与赵王告别时说："大王此行，估计加上路上的时间，到会议仪式全部结束，不超过三十天就会回来，如果超过三十天您还没有回来，请允许我们立太子为赵王，以断绝秦国的念头。”赵王同意。渑池相会，秦王与赵王饮酒。酒兴之间，秦王请赵王表演鼓瑟，赵王欣然演奏。蔺相如也请秦王敲击瓦盆来助兴，秦王却不肯。蔺相如厉色说道：“在五步之内，请让我刎颈以血溅大王！”秦王左右侍从想上前杀死蔺相如，蔺相如怒目喝斥，左右侍从都不敢行动。秦王只好非常不情愿地敲了一下瓦盆。直到酒宴结束，秦国终不能对赵国提出非分之求。再加上赵国人也早有大军戒备，秦国终于不敢轻举妄动。赵王回国，加封蔺相如为上卿之职，地位在大将军廉颇之上。廉颇不满地

肉袒负荆

说：“我作为赵国大将，有攻城野战之功，蔺相如原来不过是下层小民，仅以能说善辩竟然位居我之上，我实在感到羞耻，咽不下这口气！”便宣称：“我遇到蔺相如，一定要当面羞辱他一番！”蔺相如听说后，不愿意和他相遇。每逢上朝，常常请病假，不去和廉颇争名位高低。出门在外，远远望见廉颇的车驾，便令自己的车马回避。蔺相如的门客下属都感到十分羞耻。蔺相如对他们说：“你们看廉将军的威严比得上秦王吗？”回答都说：“比不上。”蔺相如说：“面对秦王那么大的威势，我都敢在大庭广众之下叱责他，羞辱他的群臣，我虽然无能，难道单单害怕廉将军吗？我是考虑到：强暴的秦国之所以不敢大举进犯赵国，就是因为我和廉将军在。我们两虎相争，必有一伤。我所以避让，是先考虑到国家的利益后才去考虑个人的私怨啊！”廉颇听说了这番话，十分惭愧，便赤裸着上身绑上带刺的荆条到蔺相如府上去请罪，两人从此结为生死之交。

蔺相如以国家大事为重，以假痴不癫之计回避将相矛盾，从而使将相好和，共同修筑了赵国的文武长城。

李牧智勇固边疆

赵王任命李牧为大将，统兵进攻燕国，占领了武遂、方城。李牧是赵国北疆的杰出将领，他曾领兵驻在代郡、燕门郡防备匈奴。根据当时的实际需要，他有权自行任用下级官员。而城市的税收也都直接送到李牧的帐下，作为士卒养兵的经费。李牧令人每天宰杀几头牛给将士们食用，并让部队练习骑马射箭，谨慎地把守烽火台，派出许多间谍侦察敌情，同时规定："如果匈奴入侵掠夺，我们要马上收好资产退入堡垒坚守。有胆敢捕捉俘虏的，一律处斩！"这样，匈奴兵每次入侵，李牧的军队都谨慎地点燃烽火报警，然后人马、物产退入堡垒中。这样过了数年，也没有什么伤亡损失。匈奴人都以为李牧胆小，赵国的守边官兵也认为自己的将领太胆小了。赵王为此责备李牧，但李牧依然如故。赵王大怒，派其他人取代李牧统兵。此后一年多时间里，新任将领屡次打击来犯的匈奴，可屡战失利，损失惨重，且边境骚扰不断，百姓无法正常地耕作和放牧。赵王只得派人请李牧复出，李牧以生病为借口闭门不出。可是赵王一定要重新起用李牧，李牧无奈，便说："如果一定要用我，必须仍照从前的办法行事，我才敢奉命。”赵王只好答应。

李牧重返北部边境，继续实行以往的约定。匈奴人几年来侵掠没得到什么东西，但最后认为李牧惧怕他们。守边军士每天得到赏赐却不作战，所以都希望与匈奴人打一仗。李牧于是选战车一千三百辆，选战马一万三千匹，曾获过百金奖赏的勇士五万人，能拉硬弓的善射士兵十万人，对他们全部进行作战训练，并大力组织放牧，使放牧人遍布田野。匈奴人小规模的入侵，李牧指令部队佯败，且把数十人丢弃给匈奴。匈奴的单于听到这个消息后便大举来犯。李牧多设奇阵，指挥部队从左、右两翼进行包抄，大获全胜，斩杀匈奴十多万人马，乘胜灭掉了代地以北的胡族檐褴，又攻破东胡，迫使林胡部族归降。匈奴单于率领残兵败将逃遁，以后一连十几年都不敢再接近赵国的边境。

李牧的假痴不癫，使敌人非常被动，在积聚了高涨的士气和足够的压力之时，才会一举大获全胜，长时间的生聚正是为了关键时刻的凯旋。

陈余贪利葬送全军

秦朝灭亡之后，各路诸侯逐鹿中原。到后来，只有项羽和刘邦的势力最为强大。其他诸侯，有的被消灭，有的急忙寻找靠山。赵王歇在钜鹿之战中，看到了项羽是个了不得的英雄，所以，心中十分佩服，在楚汉相争时期，当然投靠了项羽。

刘邦为了削弱项王的力量，命令韩信、张耳率两万精兵去攻打赵王歇的军队。赵王歇听到消息之后，呵呵一笑，心想，自己有项羽作靠山，又控制有二十万人马，何惧韩信。张耳。

赵王歇亲自率领二十万大军驻守井陉，准备迎敌。韩信、张耳的部队也向井陉进发，他们在离井陉三十里处安营扎寨。两军对峙，一场大战即将开始。

韩信分析了两边的兵力，敌军人数比自己的多上十倍，硬拼攻城，恐怕不是对方的对手，如果久拖不决，我军经不起消耗。经过反复思考，他定下了一条妙计。

他召集将军们在营中部署。命一将领率两千精兵到山谷树林隐蔽之处埋伏起来，等到我军与赵军开战后，我军佯败逃跑，赵军肯定倾巢出动，追击我军。

这时，你们迅速杀入敌营，插上我军的军旗。他又命令张耳率军一万，在绵延河东岸，摆下背水一战的阵式。自己亲率八千人马正面佯攻。

第二天天刚亮，只听见韩信营中的战鼓隆隆，韩信亲率大军向井陉杀来。赵军主帅陈余，早有准备，立即下令出击。两军杀得昏天黑地。韩信早已部署好了，此时一声令下，部队立即佯装败退，并且故意遗留下大量的武器及军用物资。陈余见韩信败，大笑道："区区韩信，怎是我的对手！"他下令追击，一定要全歼韩信的部队。

韩信带着败退的队伍撤到绵延河边，与张耳的部队合为一股。韩信对士兵们进行动员："前边是滔滔河水，后面是几十万追击的敌军，我们已经没有退路，只能背水一战，击溃追兵。"士兵们知道已无退路，个个奋勇争先，要与赵军拼个你死我活。

韩信、张耳突然率部杀了回来，陈余完全没有料到，他的部队认为以多胜少，胜利在握，斗志已很不旺盛，加上韩信故意在路上遗留了大量军用物资，士兵们你争我夺，一片混乱。

锐不可挡的汉军奋勇冲进敌阵，只杀得赵军丢盔弃甲，一派狼藉。正是"兵败如山倒"，陈余下令马上收兵回营，准备修整之后，再与汉军作战。当他们退到自己大营前面时，只见大营那边飞过无数箭来，射向赵军。陈余在慌乱中，才注意到营中已插遍汉军军旗。赵军惊魂未定，营中汉军已经冲杀出来，与韩信、张耳从两边夹击赵军。张耳一刀将陈余斩于马上，赵王歇也被汉军生擒。赵军二十万人马全军覆没。

忍胯下之辱成大事

当初，淮阴人韩信，家境贫寒，品行不端，不能被推选去做官，又不会经商做买卖谋生，常常到别人家里去讨闲饭吃，人们大都讨厌他。一天韩信在城下钓鱼，有位在水边漂洗丝绵的老太太看到他饿了，就拿饭来分他给他吃。韩信非常高兴，对那位老太太说："将来我一定会重重地报答您老人家。"老太太生气地说："男子汉大丈夫不能自己养活自己！我不过是可怜你这位落魄公子才给你饭吃，难道还希图有什么报答吗？"淮阴县屠户中有一青年侮辱韩信说："你虽然看上去身材高大，喜好佩带刀剑，其实却胆小得很。并当众羞辱他说："韩信你要真的不怕死，就来杀我。若是怕死，就从我的胯下爬过去！"韩信仔细地打量了那青年一会儿，毅然俯下身子，从他的双腿间钻了过去，匍匐在地。满街市的人都嘲笑韩信，认为他胆小。待到项梁渡过淮河北上抗秦时，韩信持剑去投奔他，留在项梁部下，一直默默无闻。项梁失败后，韩信又归属项羽，项羽任他作了郎中。韩信曾多次向项羽献策以求重用，但项羽却不予采纳。汉王刘邦进入蜀中，韩信又逃离楚军归顺了汉王，依然默默无名，做了个接待宾客的小官。后来韩信犯了法，应判处斩刑，与他同案的十三个人都已遭斩首。轮到韩信时，韩信头高高仰起，恰好看见了滕公夏侯婴，便叫道："汉王难道不想取得天下吗？为什么要斩杀壮士啊！"滕公觉得他的话不同凡响，又见他外表威武雄壮，就释放了他，与他交谈后，欢喜异常，随即将这情况奏报给汉王。汉王于

卜周易管辂知机

是授给韩信治粟都尉的官职，但还是没觉出他有什么不寻常之处。韩信多次与萧何谈话，萧何感觉他不同于常人。待汉王到达南郑时，众将领和士兵都唱起民谣思念故乡，许多人中途开小差逃跑了。韩信想到萧何等人已经多次向汉王荐举过他，但汉王仍没有重用他，便逃亡而去，萧何听说韩信逃走了，没来得及向汉王报告，就亲自去追赶韩信。有人告诉汉王说："丞相萧何逃跑了。"汉王大发雷霆，仿佛失掉了左右手一般。过了一两天，萧何来拜谒汉王。汉王又怒又喜，骂萧何道："你为什么逃跑呀？"萧何说："我不敢逃跑哇，我是去追赶逃跑的人啊。"汉王说："你追赶的人是谁呀？"萧何道："是韩信。"汉王又骂道："将领们逃跑的已是数以十计，你都不去追找，说追韩信，我不相信！"萧何说："那些将领很容易得到。至于像韩信这样的人才，全国都找不出第二个。大王您如果只想长久地在汉中称王，自然没有用得着韩信的地方；倘若您要去争夺天下，除了韩信，就没有可与您图谋大业的人了。只看您作哪种抉择了！"汉王说："我也是总想要东进，怎么能够死气沉沉地老呆在这里呀！"萧何道："如何您决计向东发展，就能用得上韩信，韩信也会留下来，如若不能真用他，他终究还是要逃跑的。"汉王说："那我就看在你的面子上任他作将军吧。”萧何说：“即便是做将军，韩信也不会留下来的。”汉王道：“那就任他为大将军吧。”萧何说：“太好了。”于是汉王就要召见韩信授给他官职。萧何说：“大王您向来傲慢无礼，现在要任命大将军了，却总象呼喝小孩子一样，这便是韩信所以要离开的原因啊。您如果要授给他官职，就请选择吉日，进行斋戒，设置拜将的坛台和广场，准备举行授职的完备仪式，这才行啊。”汉王答应了萧何的请求。众将领听说汉王要拜大将军的消息，都很欢喜，人人各自以为自己会得到这个职务。但等到任命大将军时，发现竟然是韩信，全军都十分惊讶。

授任仪式结束后，汉王就座，说道：“丞相屡次向我夸奖您，您将拿什么计策来开导我啊？”韩信谦让了一番，就乘势问汉王道：“如今往东方争夺天下，您的对手不就是项羽吗？”汉王说：“是啊。”韩信道：“大王您自已估量一下，您在勇敢、骠悍、仁爱、刚强等方面，与项羽比谁强呢？”汉王沉默了很久，说：“我不如他。”韩信拜了两拜，赞许道：“我也认为大王您在这些方面的确比不上他。不过我曾经侍奉过项羽，就请让我来谈谈他的为人吧。项羽厉声怒吼时，上千的人都吓得一动不动，但是他却不能任用有德才的将领，这只不过是匹夫之勇罢了。项羽待人，恭敬慈爱，言语温和，别人生了病，他会心痛得掉泪，甚至把自己所吃的东西也分给病人；但当所任用的人立了功，应该封赏爵位时，他却把刻好的印捏在手里，一直到磨去了棱角还舍不得授给人家，这便是人们所说的女人之见啊。项羽虽然称霸天下令诸侯臣服，但却不占据关中而是建都彭城；背弃义帝怀王的约定，把自己亲信偏爱的将领分封为王，诸侯都愤愤不平；他还驱逐原来的诸侯国国王，而让诸侯国的将相当国王，又把义帝迁移逐赶到江南；他的军队所经之地，所有财富全部都遭到破坏毁灭；老百姓都不愿拥护他，只不过是迫于他的威势勉强归顺罢了。

上述种种，使他名义上虽然还是霸主，实际上却已经失尽了天下人心，所以他的强盛是很容易转化为虚弱的。现在大王您如果真的能反其道而行之，任用天下英勇善战的人才，那一定是所向无敌的！把天下的城邑都封给有功之臣，那还有什么人不心悦诚服呢？以正义的东进军事战略，结合将士们对东方故乡的迫切归情，还有什么敌人打不垮、击不溃呢！况且分封在秦地的三个王都是过去秦朝的将领，他们率领秦朝的子弟作战已经有好几年了，被杀死和逃亡的不计其数，而他们又欺骗自己的部下，投降了诸侯军，结果是一抵达新安，就遭项羽诈骗，被活埋的秦军降兵就有二十多万人，唯独章邯、司马欣、董翳三位将领得以脱身不死。秦地的父老兄弟们怨恨这三个人，恨得痛彻骨髓。现今项羽倚仗自己的威势，封这三人为王，秦地的百姓没有爱戴他们的。大王您进入武关时，秋毫无犯，废除了秦朝的严刑苛法，与秦地的百姓约法三章，秦地的百姓都希望您在关中称王。况且按照原来与诸侯的约定，大王您理当在关中称王，这一点关中的百姓都知道。您失掉了应得的王位而去了汉中，对此秦地的百姓都有怨言。如今大王您起兵向东，三秦之地只要发布一道征讨的文书就可以平定了。”汉王于是大喜过望，自认为得韩信太迟了，随即听从韩信的计策，部署众将领所要攻击的任务，留下萧何收取巴、蜀两郡的租税，为军队供给粮食。

韩信忍一时胯下之辱，假痴不癫，才会暗暗的积聚力量，寻求合适的时机，一旦寻得了明主，便会“一飞冲天”，找到自己的用武之地。

韩信受封

韩信平定了齐地，回到临淄。他一看到临淄金碧辉煌的宫殿，富丽堂皇的装饰，心里真痒极了，羡慕得了不得。他想，怪不得谁都想做王称雄，做王真是够气派的。山珍海味，鼓乐歌弦，群臣姬妾，一呼百应，那些都不用说，就是能在这儿美美地住上一夜，都是够体面，够威风的了。就在韩信做着美梦，还没住下来时，突然手下人来报："汉王的使者来到。"原来汉王刘邦在成皋养好了伤，又回到了广武。他一听到韩信平定了齐地，就派使者来到齐地，叫韩信马上到广武去帮助他。因为此时汉王正在广武被霸王项羽的大军包围。韩信一听汉王叫他到广武去解围，而齐地临淄的宫殿一天也没住着，心里真是又为难又扫兴，沮丧极了。

就在韩信愁眉不展心里愁闷的时候，他的一个名叫蒯通的门客对他说："将军，不必为难，我有个主意，包将军听了就会愁云消散。您想，您刚刚平定了齐地，齐地是个大国，现在正乱糟糟的群龙无首。像这样一个大国，没有王就镇守不住。将军何不趁着这个机会请求汉王封您为齐王？齐国有了王，群龙有了首，就会安定下来，当然也就不会有人敢反叛了。将军的名份一定，就可以发大军去解救汉王，共同对付楚军，而齐国这边上上下下也能臣服，不至于出什么乱子了。"韩信一听，正中下怀，说："是啊，我也正是这么想的。"

于是，韩信就写了一封信给汉王，信中说："齐人奸诈狡滑，诡计多端，且反复无常，而其南部又近楚地，难免不再发生叛乱等意外之事。因此我想，我可不可暂时做齐地的假王，暂时代理一下？这只是为镇守齐国着想，而不是做正式的齐王。”立即派人将信送给汉王。

汉王看了韩信的信，怒火中烧，心想：“韩信这小子太不是东西，我在广武这儿被围，十分危险，天天盼你韩信来解救，左等不来，右等不来，原来想做齐王啊！”立即叫张良和陈平过来，大骂韩信：“这小子真是太没道理了！”张良、陈平听了大惊失色，因为韩信派来送信的人就在跟前呢，这还了得！两个人不约而同地用脚在桌子底下偷偷地踢汉王的脚。汉王人也真聪明，立刻明白了，这个时候决不能得罪韩信，否则后果不堪设想。于是，他擦了擦鼻子，假痴不癫地故意又说：“大丈夫平定诸侯，战功赫赫，做王就该做真的，干嘛做假的呐，真是的！”于是他立即派张良准备齐王大印，并到临淄去，正式封韩信为齐王。

韩信被汉王封为齐王，得到了王印，心里十分高兴，便殷勤地招待张良。张良离开临淄时又嘱咐韩信尽快发兵去攻打霸王。韩信满口应承。

韩信做了齐王，天天练兵，准备到广武去。突然，霸王项羽派使者武涉来和韩信讲和，表示愿意和韩信、刘邦三分天下，并且带给韩信大量的礼物。使者武涉还说："汉王是为了借助您的力量对付霸王，才不得已封你为齐王。如果您把楚国灭了，您反而会做不成齐王了。只有和楚联合起来，三分天下，汉王和霸王才都不敢与将军为难。汉王刘邦是个忘恩负义，贪得无厌的小人，将来他一定要独吞天下，现在将军您替他出力，将来一定遭他毒手。"可韩信听了这番话却说："汉王能信任我，重用我，拜我为上将军，把几十万士兵交给我指挥。他曾脱下自己的衣服给我穿，省下自己的酒食给我吃，现在又立我为齐王，我已经心满意足了，还求什么富贵？汉王这么信任我，我怎么也不能辜负他。"接着，韩信又态度坚决地说："我就是死了，对汉王的心决不改变，请大夫替我拜谢霸王。大夫带来的礼物我决不能收。"武涉只好垂头丧气地走了。

汉王以假痴不癫之计网络了韩信的心，使之为他立下了汗马功劳。

自污保身

秦国讨伐楚国，秦始皇令王翦率兵60万，并亲自送到灞上。王翦出发时向秦始皇请求要许多良田美宅，始皇说："将军去吧，为什么要担心受贫呢？"王翦说："我做大王的将军，有功最终也不能封侯，所以趁着大王赏我酒饭时，我也及时请求赏我园地，做为子孙后代的家业。"秦始皇大笑起来。王翦到了潼关，仍五次派遣使者返回长安请求要良田。有人说："将军要求田园太着急吧！"王翦说："不，秦王为人粗心、狡猾、而且不信任人，现在把全国的军队委托给我一人，如果不多多请求要田宅，作为子孙的家业，使自己坚实，难道还白等着秦王因此而怀疑我吗？"

汉高祖刘邦任用萧何主持关中之事，汉三年时，刘邦与项羽的军队相持在京索间。刘邦几次派使者慰劳萧何，鲍生因此告诉萧何说："现在皇上在外风餐露宿，却数次慰问您，这是因为怀疑您呀！为您考虑，不如让您的弟弟和子孙中能当兵的，全到军队来。"萧何采纳了他的计策，刘邦大喜。

吕后用萧何的计谋杀掉了韩信，刘邦听到诛杀韩信后，派使者任萧何为相国，同时加封五千户，派五百士兵及一名都尉做为相国的侍卫。诸位官员都来祝贺，召平独表示哀悼说："祸害从此开始了。皇上奔波于外，而您守于京城之内，并没有冒被射弓箭的危险，却更加封晋级，设置卫队，这不是维护您。现在淮阴侯韩信起来造反，皇上对您也产生了怀疑，希望您把皇帝的赏封让出，不要接受，把全部家财用以资助军队。”萧何听从了召平的意见，刘邦见萧何这样，非常高兴。这年秋天，黥布反叛，刘邦将亲自率部征讨，此时仍数次派使者问萧何在做什么，萧何说：“因为皇上亲征，我在内安抚百姓，勉励百姓，尽其所有帮助军队，像皇上讨伐陈稀时我所做的一样。”

讨汉贼五臣死节

不久，又有一个门客对萧何说：“您离灭族不远了。您处于相国的高位，论功是全国第一，各方面已无以复加。您入关中以来，十余年一直深得民心，而且目前仍孜孜不倦地致力于民和。皇上所以数次问您在做什么，是害怕您的威信太高，影响整个关中地带。现在您何不多多地买田地，以损污自己的名声，如此皇上的心就安宁了。”萧何采纳了他的计谋，用贱价强买了许多民宅、民田。高祖还京时，百姓拦路控诉相国的行为，皇上听了，心中暗暗高兴。

萧何数次采纳谋臣的假痴不癫计，从而保全了自己。

刘秀治国

刘秀（公元前 6 年～公元 57 年），字文叔，南阳蔡阳（今湖北枣阳西南）人，汉宗室。王莽末年农民大起义爆发后，他和他的哥哥刘縯乘机起兵攻城略地，散发檄文，宣布王莽的罪状，不久就成为南阳豪强集团的首领。公元 23 年他们已经有十多万人的汉兵，声势不断地扩大。在这种情况下，起义军将领商议要立刘姓人做皇帝。南阳和下江的豪强、主将都拥戴刘秀的哥哥刘縯，而其他将领却因为害怕刘縯严明，阻止他们掳掠财物，于是蛮横地拥立了懦弱无能的刘玄做了汉帝，号称更始帝。

更始元年（公元 23 年）三月，更始帝刘玄派刘秀等分别率人马攻打昆阳。王莽见事危急，便率领百万大军，来与汉军决战，而昆阳城内汉军不足万人，将士急忙报主帅刘秀，建议放弃昆阳。但刘秀从容自若地对诸将说："我军固守昆阳，兵少粮缺，突遇强敌，全靠大家并力抵御，方可取胜。如今宛城尚未攻下，援军一时不会来到，如果昆阳失守，敌必逼我而打围宛城之部，那时情势就危机了！"他又说："坚守绝非死守，眼下需派出数人，出城请援。"于是就秀等13人趁王莽军立脚未稳，突然冲入敌阵，左冲右突，冲出重围。

十天后，他带着一千多援军，又杀回昆阳城下。令一名弓箭手向城上射书，谁知箭杆折断，书信掉落在莽军阵中。士兵们把书信送到主帅手中，主帅一看，大吃一惊，只见信中写道："呈国上公主王麾下：宛城已破，陛下即令大军来解昆阳之围。我引前锋且先冲杀，大军片刻即到。"这消息不胫而走，莽军大乱。刘秀带领一千援军，以一当十，直冲莽军大营。汉军大获全胜，这就是历史上著名的昆阳大捷。这一仗，刘秀凭借其谋略家的勇气和智慧，以少胜多，把莽军的主力几乎全部摧垮了，为东汉的兴起奠定了基础。

更始帝刘玄最大的特点是嫉贤妒能。宛城攻克不久，他借口“大司徒刘縯久有异心”，下令将战功卓著的刘縯谋杀了。刘玄的这种举动，主要是怕刘縯和刘秀兄弟夺取他的皇位。

刘秀在昆阳得到长兄刘縯被杀害的消息，几乎昏厥，但当着信使的面，他极力克制自己，他恨刘玄，恨新市、平林将领，更恨策划谋杀的刽子手朱鲔和卖友求荣的李轶之流，他恨不得立即起兵报仇。但稍一思索，立即想到自己的处境，他此时还是寄人篱下，羽毛未丰，稍有不慎就会身首异处，何况那些杀害刘縯的人，一定正在窥测自己，伺机找借口除掉他，斩草除根。他必须保存自己，留得青山在，不怕没柴烧。于是他忍辱负重，以屈求伸，强行压抑自己的真实感情，用假象来迷惑敌人，立时去宛城向刘玄请罪。新市、平林的将领原来估计，刘秀一定会起兵为刘縯报仇，那时正好以此为由杀掉他，想不到刘秀却主动跑到刘玄面前请罪，这倒使原来磨刀霍霍的新市、平林将领们手足无措了！刘秀抓住刘玄性格上的特点，让他充当挡风墙。果然，刘玄对自来请罪的刘秀安慰了一番，说：“这是刘縯的事，与你无关，你回去好好休息吧。”刘秀这第一步的韬晦就取得了成功。接着，当刘縯的属官来吊唁时，刘秀不露声色，还口口声声只说自己有罪，也不为刘縯服丧，饮食与谈笑如常，这种装傻扮懵的假象，又进一步麻痹了敌人，隐藏了自己。他们终于放了心，而刘玄颇有愧意地封刘秀为武信侯，任破虏大将军。

一日，刘秀带人巡视到邯郸附近，听说王朗诈称汉成帝后代，自立为天子，定都邯郸，并以封10万户的代价悬赏捉拿刘秀，因而刘秀无法进城。可是大家饥饿难忍，刘秀便自称是邯郸派来的使者，与大家一起若无其事的走进传舍。传吏开始时信以为真，备好酒饭，他们便如狼似虎般大吃起来。见此情景，传吏顿起疑心，想出一个办法来考验他们是不是真使者。这时只听外面十通鼓响过，一个高喊："邯郸将军到!"刘秀手下人大惊失色，拔腿就跑。刘秀站起身一想，邯郸将军如果真来到门外，怎能跑得出去，他又坐定，泰然对传吏说："邯郸将军既到，请入见。"传吏无可奈何，一面假意逢迎，一面出去让人关上大门。幸亏门人不肯听从，他们才得以走脱。

刘秀这种以屈求伸和以智取胜的策略，在他创建东汉王朝过程中屡加运用，他能够"忍小愤而就大谋"，遇事不慌不乱，终能化险为夷。

在更始三年（公元25年）初春，刘秀在河北正式与更始帝刘玄决裂。原因是长安政坛混乱，四方背叛，不少人自立旗号，不再听从刘玄的号令。刘秀以谋略家敏锐的政治眼光，把握住有利时机，着手在河北扩大势力和扩充地盘。

为了扩充自己的军事力量，刘秀收降各地的地主武装，兼并其他农民起义军，将俘虏的敌兵将士放回去，从不乱开杀戒。他还骑马走访各营，和将士们亲切交谈。这些农民出身的义军首领，深为刘秀这种豁然大度作风所感动，都死心塌地归顺。

刘秀对手下将领的劝进，早有考虑，他清楚要真正坐上皇帝的宝座，不但要有实力，更要得人心。到更始三年（公元 25 年）四月，形势对刘秀愈来愈有利，他却迟迟不称帝，其原因就是缺少让天下人信服的应天命的“符谶”。符谶自汉兴以来，一直为人们所看重。直到关中书生强华，得到一条“赤伏符”，专程送来河北之时，刘秀见时机成熟，这才答应称帝的事。在同年六月，刘秀在群臣的拥戴下，举行了隆重的登基大典，是为光武帝，建国号“汉”，改年“建武”，史称东汉。刘秀称帝以后，虽然在军事上取得了一些重大胜利，但做为一个头脑清醒的谋略家，并没有过于乐观。他是在戎马倥偬之中立国的，当时来不及认真考虑整个国体的设计，当他得知前密县的县令卓茂在治理国家方面很有才能时，便千方百计将其请来，拜为太傅，可见他对人才的重视。

刘秀想尽各种办法发展农业生产。他特别注意奴婢问题，禁止主人残害奴婢，还多次下诏释放奴婢，目的当然是为了增加农业生产力。他又下诏令各州郡检核垦田顷亩及户口年纪。建武32年他下令修明堂、灵台和辟雍。明堂是帝王宣明政教的地方；灵台是观象台、天文台，后来张衡在灵台观测天象、研究天文仪器，取得了很大成就；辟雍是皇家大学。刘秀的这些做法，促进了中国文化和经济的发展。

公元57年二月，在位34年的光武帝去世了，终年63岁。

刘秀，这位中兴汉朝的光武皇帝，他一生所建立的功业，应该说是非常辉煌的。做为一代封建帝王，他的所作所为，当然有一定的历史局限。但刘秀在建立和中兴东汉王朝的艰辛经历中，淋漓尽致地发挥和运用了自己的谋略智慧，以其文治武功，无可辩驳地跻身于中国古代谋略家的行列。应该提及的是，刘秀一生不尚空谈，身体力行办实事，始终采取以智取胜、以战为辅的策略。假痴不癫忍小愤而就大谋。这些，都是一个谋略家所应具备的作风和品德。为此他的晚年，不象一些帝王那样，喜欢吹嘘自己的政绩，而是公开承认“百姓怨气满腹”，说自己“无益于民”。这丝毫没有损伤他所创立的丰功伟业，反而更增加了他做为一个杰出的政治谋略家的光彩。

曹操的痴愚之计

曹操一生足智多谋，工于心计，是中国古代政治家中，善用计谋取胜的典型人物。他毕生用计甚多，如：“诈死计”、“隔岸观火”、“将计就计”、“反间计”等等。更屡次运用假痴不癫之计，往往假戏真做，以计取胜。以下几个例子，足以说明。

东汉末年，统一的帝国已经无法维持。东汉王朝的统治，在公元 184 年爆发的震撼全国的黄巾大起义中分崩离析，州郡牧守和地方豪强形成割据势力，在镇压农民运动的同时，相互之间展开了错综复杂的兼并战争。出身于四世三公大贵族的袁术，因遭曹操、袁绍夹击，率余众退屯寿春（今安徽寿县），割据扬州（今长江下游与淮水下游间），建安二年（公元 197 年）称帝，自号仲家。当时称霸兖州的曹操，以汉室丞相身分，率军征讨袁术。由于袁军坚持，战争相持了很长时间。曹军粮食告急，军心涣散。曹操心生一计，在典仓吏（负责粮食供应的官）身上打主意，他把典仓吏叫来，说：“现在我军粮食紧缺，军中议论纷纷。我发现你身上有一样东西，可以消除这些不满情绪，不知道你愿意献出来吗?”典仓吏马上忠心地说:“只要是能替丞相解忧分愁,我什么都舍得拿出来。”于是曹操恶狠狠地说:“我要借你的项上人头来派用场!”话音刚落,还没等典仓吏意会过来,曹操即挥刀将典仓吏的头砍了下来。随后令人到军营中四处散布:“典仓吏克扣军粮,证据确凿,丞相已把他杀了。”兵士们听后都大骂典仓吏,同时赞扬丞相铁面无私。这样,军中的怨恨情绪很快就烟消云散了。

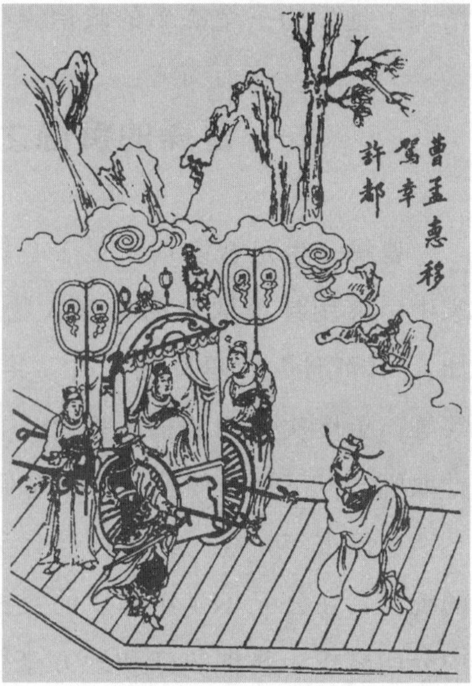

曹孟德移驾幸许都

一次,曹操亲自率领大军征讨张绣。正值盛暑天气,长时间的行军途中,一直没见到水源。将士们口干舌焦,十分难忍,都几乎走不动了。曹操也心急如焚,担心这样下去,势必影响士气,对征战不利。猛然他想出一个主意,传令道:“前面有座大梅林,咱们赶到那里，大吃一顿酸甜的青梅，就可以解渴了。”士兵们听说有梅子，嘴里都自然地生出唾液来，就不感到那么口渴难耐了。于是，大家振作精神情绪饱满地往前赶路。终于发现了水源，解决了喝水问题。后来的成语“望梅止渴”，就来源于这个故事。

曹操疑心很大，自从把持汉室朝政以后，无时无刻不在提防别人暗算他，即使是亲信和贴身侍卫，曹操也都怀有戒心。曹操曾对侍卫们说：“在我睡觉的时候，你们不要随便走近我，如果有人靠近我，我就会在梦中跳起来杀人，你们服侍我的人千万注意。”一天，曹操躺在床上假装熟睡，故意把被子掉在地上。一个侍卫想要为他盖上被子，可是刚走到床前，曹操猛然跳起来把他杀了，接着又躺下睡了。等到醒了的时候，曹操又故作惊讶地问道：“是谁把我的侍者杀了？”从此以后，曹操睡觉的时候，再也没人敢走近他。

还有一次，曹操对别人说：“如果有人要谋害我，我会有预感，我的心会颤动。于是，他对一个平时他所亲信的侍者说：“你怀里藏着一把刀，悄悄地走到我身边，我说心动，卫士们会把你绑赴刑场，那时候你什么话都别说，我保证你不会出什么问题，而且我还要好好报答你。”那个侍者信以为真，按他的话做了。

结果，侍者一句话没说，就被杀掉了。侍者至死都不知道，这是曹操用的计谋，而左右的人还以为侍者是真正想要谋害曹操的人，因为他临死连一句冤枉都没喊。

曹操屡次运用假痴不癫之计，都成功地达到了预期的目的。

借人头稳军心，是当曹操知道军中粮食匮乏，军心浮动时，他明知道粮食紧缺，是因军粮没有运到，他也明知道典仓吏忠心耿耿。可曹操假作不知，且利用典仓吏的忠心，诱他上当。杀了他，还散布他克扣军粮，嫁祸于人。借人头，稳定军心，消除不满情绪，同时还为曹操自己树立了威信。

“望梅止渴”，是当行军途中军队缺水时，曹操明知道前方没有梅林，而假说前面有梅林，这样迷惑将士们，是为稳定军心，鼓舞士气，以利征战。他真正的意图是取得战争胜利。

假痴不癫之计是并战之计，有个你死我活问题。曹操为保护自己，提防别人谋杀他，他就假布迷阵，说他梦中会起来杀人，杀了人又故作惊讶，其实他根本没有睡。更有甚者，他说如有人谋害，他会有预感，心必颤动。为进一步地使人坚信不疑，他假戏真做，和一亲信侍者约定，只要按他的指示做，将会给他好处。其实他存心借人头，保护自己，慑服部下，不惜让亲信侍者背黑锅。这和借人头，稳军心的事例是异曲同工。足见曹操诡计多端，谋略出众。

刘备的假愚之策

刘备在历代帝王之中，素以仁厚见称，史书说他少言寡语，善待下人，喜怒不形于色。其实这正是他聪慧的表现，也说明他性格的成熟和狡诈。正因如此，他曾多次在危难中随机应变，巧妙地躲过灾难，得逃性命。

刘备早年在还没有独树一帜的时候，便因勇武而小有名气。一次，因张纯反叛青州（治所在今山东临淄），刘子平知道刘备勇武善战，就把刘备推荐给负责讨伐张纯的从事官。在与张纯兵将交锋时，刘备受了伤，他趁乱军冲突之际，佯装已死，混在死尸之中，后来被救出，才免于被乱军所杀，捡了一条性命。

刘备曾一度和曹操共事，曹操举荐他为左将军之职，因他是汉宗室中山靖王之后，见汉末国势衰微，皇权旁落，便立志寻机恢复汉室江山。但因时机不成熟，实力薄弱，无法和曹操等割据势力抗衡，他只好先韬光隐晦，在京城中装作毫无进取之志，安于现状的样子，整天或饮酒宴乐，或和关羽等人以种菜为乐，